講談社文庫

美人画報

安野モヨコ

講談社

美人画報

*

安野モヨコ

カラー
書き下ろし

今昔「美人」の変遷。未来の美しい自分に希望を!!

以前「安野[※1]さんてアシスタントさんを顔で選んでるんですか?」と聞かれたことがあります。
そんな……アンタ、テレビに出てくる大御所少女[※2]まんが家40代レズ→アシは全員自分好みのカワイ子ちゃん、という構図をうのみにして!!(ってそんな構図があるのか知らないけど……ありそーな気がして)
まんがってのは手で描くんじゃ! 顔が関係あるか! と言いつつも、それは当たり前のこととして、その上にどこか無意識にはかわいい子の方がいいに決まってる、という感情があるのは否定できな

KEYWORDS SPECIAL
※1 アシスタント
今現在5人いますがみんな普通にカワイイと思います。でも仕事もできるぜ!
仕事イチバン
※2 いまだいそーか!?
まんが家のイメージって…
ニ〜な?
ノーメイク
ピンクハウス
でも今はみんなおしゃれでカワイイ子多いんだけどなー。
パーティーとかでもそんな変な人見ないし
※3「アンタの友達は」
かつて「安野ハーレム」と男子に言われたこともあった程だ。
ホホホ
だってかわいい方がいいじゃん
※4 美しいモノ、人がスキなんだわ!!
「自分が美しくなりたい」って欲求の他に「キレイなカッコいい音楽」とか「美しいインテリア」とか「センスがよくてセクシーなスカート」とか「足がキレイに見えるハイヒール」

欲しいものは沢山
チェック項目が多くて大変だぜ!!

カッコイイスポーツカーとかね…。

高いよ!!

いモノがあった。つーか、ひらたく言えば答えは「そ……そうかも」。

いや、モチロン絵も描けなきゃダメなんですけど。でも、常に目に映るところには、より美しいものがあって欲しいと思うのは、人類の正直な(本能に近い)欲求なのでは？

そーいえば私は、よく**「アンタの友達は、美人ばっかりだ」**[※3]とか言われます。(……まーそれは暗《あん》に「だのにお前ときたら……」と言うセリフを内包《ないほう》しているよーにも感じられるが。この際、私のコンプレックスから来る被害《ひがい》モーソーだというコトで無視する)

でもそれって、やっぱり見てるぶんには、美しい方がいい!! という自分の気持ちの現れなのか!? と。

もちろんアシさんも友達も、それだけが基準じゃないけど。気が合うとか、その人をスキかによるけど。

でも、冒頭の質問をされて考えたけど、やっぱ**私は美しいモノ、とか人がスキ**[※4]なんだわ!! と思いました。あ、でもみんなそうだよね。

この連載を続けてて思うのは、「美しいもの、人が好き」な気持ちと、それに対するコンプレックスとの戦いって、いつもセットになっていて、だから一所懸命「キレイになろう！」と努力するんだなーってことです。お、真面目だね!!

最近、**20年くらい前のドラマ**[※5]の再放送とか見るたびにオドロくわけです。あまりにもみんなが「ボテッ」としているから。

もちろん流行とか、メイクとかあるけど。いや、それを差し引いてならしてみても、やっぱり街を行く人々の美しさが現在とは違う。違い過ぎる!!

だって「普通の子」の体型がもうまず段違いに太いし、メイクも**プロのメイクと普通の人との間には、ハッキリと深く越えられないミゾが……**[※6]。

みんなそれなりに、スタイルも良くて、おしゃれで、メイクも玄人はだしの現代の女の子達と比べると、感心するくらい「美」は進化している!!

自分ひとつとって考えても、10年前と今では、メイクの裏ワザにしたって、服や髪にしたって「ここまでやる」の深さが違うもん。それは自分が大人になったから、じゃなくて、世の中全体がそのレベルまでいってるという感じ。

このまま進んでいくとすると、10年後には街中が美人だらけになるのかなー。もっと大げさなハナシでいうと、戦後すぐの写真とか、**明治**[※7]**、大正の写真**みるとさー。さすがに違いわかります。体型もすっごい違う。これは日本人だけじゃなく、外国でもそう。**一**[※8]**九五〇年代のアメリカの女の子**の写真と、現代のじゃ全然違う。特に太さ。日本人は、何十年もかけて呪いのよーに「足長くなりてぇ～、顔小さくなりてぇ～」って祈り続けた結果、現在の体型までこぎつけたって感じ。

よくいわれてるように、食生活や生活形態の変化ってのもあるだ

多分ずっとスキな服装
白いシャツと タイトスカート〜 D&Gとか ラルフの
黒いサンダル
春夏は毎年こんな格好してる気が…。
エリ立てるのがどうもスキです
※5 20年くらい前のドラマ… 太陽に吠えろ!とか?
わき役の子が(通行人とかも)太ってる!!
と言うか健康的なのか…。
髪も手はいってないかんじ…。黒いしね
男の人も顔、体型ともにバリエーションが多い!!
今みんな細くて小ギレイだもんなー… ちょっとつまんない
※6 プロのメイクと普通の人の間には越えられないミゾが…。
フツーの人
プロの人
※7 明治大正の写真
顔もずい分違う。

「このタイプの顔って今もいるよなー」と思っても現代のそれはそのタイプなりに洗練されてきてる!

ホントにこんなマジで太い!!
※8 アメリカの女の子
こっちもスゴいけどねー…
仕事中しがちなかっこ。
つい楽な服へ…。
←ジョセフのパンツ
上はイエナのやDKのカットソー
※注 あたしではナイ→

ろうけど、絶対にそれだけじゃなくて「思いの強さ」もあると思う。メイクの先生が言っていたのだが**「この肌をかくす」**[※9]と思ってファンデをぬってると、ファンデなしではいられないような肌になっていくが、ファンデやコンシーラーを毛穴やキメの荒れをカバーしながら「本来の肌に戻してあげてる、これが本当の私の肌♡」と思ってメイクしてると、肌自体がそれに近づこうとしてキレイになっていくんだって。それってまさに思うチカラだ!! そしてそのチカラが、めきめき私達を美しくしていくのだわ!! そうやってキレイへと一歩前進した友達を見て、一人また一人と美しくなっていって、最終的にはみんなキレイになっていくのかも。

でも、そうなったら今度は、もう内面が基準になっていくんだろうなー。なんか、ここ何年かの美しくなりたいブームの過熱って、異常だと思ってたけど、「そうか!」なるホドこうしてみんなでキレイになってから内側へ向かうってことだったのか。

＊ Preface ＊

21世紀の私達のキレイは、一体どんなことになっているのか……今から楽しみです。そして、あたし自身も……どーにかなってんのかな？？

やっぱり古着もスキ!! 高校生の頃から古着が大スキだったけど、大人になってからあんまり買わなくなってた。最近ツイ手にとってしまうので
やっぱりスキなのネ…という話
※9 この肌をかくす
顔の中で一番肌がキレイなとこを探してそれを「伸ばして」いって顔全体に広げるって感覚。
ココらへんがサンプル
NARSのコンシーラー
生活の中で 美のために 大切にしたい時間
お気に入りのティーセットでバラのお茶をゆっくりと飲む時間とマニキュア
大切にしたい時間 その？
お花を生けてじっくりみつめる時間
友達とごはんをたべに行く
電話で話しながら鏡で自分の表情をチェックする
toYOU
これを読んでくれたアナタがますます超美女になっていきますように♡

美人画報／目次

＊ index ＊

＊ index ＊

未公開
「美人画報」

すべてはここから始まった!?
女は、なぜかくも〝美〟を目指すのか？

美しい、とは？

【形】いつまでも・見て(聞いて)いたいと思うほど物の色・形や声・音などが、接する人に快く感じられる様子。(新明解国語辞典第五版より)

どこが気持ちいいかってゆうのは、また個人的なモンダイですが、いつまでも見ていたいってゆうのは、わかるよな。金城《かねしろ》武《たけし》とか。ところで私自身は、ハッキリ言って美がどーだとか言える存在ではナイことをはじめにお断りしておきましょう。トホホ。

でも人間やはり自分に欠けているところを補《おぎな》うべく努力するよう

にできているのです。私にこういうお仕事がきたのも何かのエン。美しさについて憧《あこが》れと尊敬を込めつつ、少しでも美しさをとり込むためにがんばってみたいと、超ニガ手のエッセイに挑《いど》むのであった……。

で、美しいと思うものについてというテーマを決めて、まずガクゼンとしたのが、私のふだんのアタマの中身に「美しい……」とゆう気持ちが少ないって気付いたことです。ヤバ。同じものを見て同じ空間にいたときの心のとらえる場所が、人によってどんなに違うか。

この前まさにそんなことがありました。

私の友人でヒロミというコがいます。「はんなり」というのがピッタリくる色白の女らしい京美人。上京した彼女を、お台場につれて行ったときのこと。買い物に疲れて入ったキッサ店で私たちは同じハーブティーを頼みました。窓の外には浜離宮庭園《はまりきゅうていえん》とレインボー

Beauty Note 1
美しいものを見ると
美しくなる
——ポンパドゥール夫人
（うそ）
美しいと
思うものを
言い合うゲーム
をしましょう

ブリッジ。運ばれてきた赤いハーブティー。静かな時間。そのとき彼女はグラスをゆらしながら「こうして、氷に光が入ってキラキラしてるとこを見てんのがスキやねん」と言いました。

ガ——ン!!　その発言にショックを受けるワタシ……。そうか。キレイな人というのはキレイなものを見つけて、見つめて心の中をキレイなもので満たすのだわ……。

そりゃいろいろとキレイじゃないことを考えることもあるでしょうけど、相対的に見たら、その時間が長いんだよな（他の美人な友達も、キレイなびんを集めて眺めたりしてたし）。

夜明けの月にかかる薄雲
グリーンがかった白い花のブーケ
ティーポットにうつるろうそくの炎
思いうかべただけで心が透きとおるようね
じゃあこんなのはどうかしら

で、その彼女がグラスに見入ってたとき、私が何を見ていたかと言えば、隣の席のカップルの男が、くつを両方脱いで、くつ下の足をブラブラしてるありさまなのでした。お台場の、小洒落《こじゃれ》たカフェでくつを脱いで、クロワッサンサンドを食べる男。

――デート中――結婚ひかえてたいへんだけどボクら幸せ。先週はナムコワンダーエッグに行ってきちゃった、ちょっとゲーム好きな彼。最近ジャンプ買わなくなったなー。

などと勝手にアテレコを楽しんでいた私。しまった。何も美しいことがない!!

そうです、私の頭の中は、「おもしろみ」で反応するように回路ができていて、電車に乗っていても歩いていても、おもろいものとか人とかには、敏感に反応するんですけど、美しいものに反応する回路があまりないのでした。あるかもしれないけど使ってないので、使用不能になったとゆうかんじ。

いやーこれはマズいんじゃないのか。美しいものは？　と問われ、とっさに浮かばないというのは、ふだん美しさについて考えていないってことだものね。で、結果として外見に出る。

あんまり顔自体が美人!!　とゆうのじゃないけれど、美しいかんじの人ってたぶん、美しいものズキで美しいもの反応回路がガンガン使われてて、毎日「ああ、美しい雲、美しい昼下がり」って思ったりしてんじゃない？　そんでもって私のよーにおもろいものの反応回路全開で毎日を送っている人は、おもしろげな風情《ふぜい》になってしまうのではないか、とそう結論づけるわけなんです。

だってそのキレイな友達、隣の男なんか見ちゃいないもん。あるのは、キレイな昼下がりの風景とハーブティー。涼《すず》しげなグラスの氷と外側のしずく。

美しく生きる人は、そんなくつ下男なんて目に入れないんですね。目に入ってもそのことについて思いをめぐらせたりはしないでしょ

夜露のおちた朝のハーブガーデン

水の中に置いた
水晶のクラスター

色とりどりのマニキュア

う。ましてや、思い返して、あらためて文章にも書いたりしないんじゃ――!!

こんな私が「美」とゆうテーマで文章を書くのは、ネタ探しからしてたいへんなのですが、同時にとてもよい「美しいもの回路」の復旧工事にもなると思います。しばらくこの連載をやることで、美しいことを考える習慣がつけば、かなりイイ。

よし、やったるで!! とりあ

ステキね
はッ…
ステ……

えず毎月一コは美について考えるぞ！　……って、レベルが低いん
じゃー!!

鏡を封印
するのよ──
ぎゃー
だれか、
がシャーン
もののけが!!

「働きつつかわいい♡」は永遠に夢で終わるのか!?

こんにちはー。最近**JJ**[※1]・ギャル路線から、**キューティー・スプリング**[※2]路線に宗旨《しゅうし》替えした安野モヨコでーす。ま、ギャル路線と言っても渋谷109で**ミ・ジェーン**[※3]とか**セシルマクビー**の服を買っていたわけではないんですけどね。

やっぱどうしても仕事しやすい格好になっちゃうのでパンツ系、シャツ系、ニット系になってしまう働くお姉さん、多いんではないでしょうか?

カワイイ格好で仕事したいのはやまやまなのですが、脚《あし》冷えたりして、基本的な美容に悪いことになったら意味ないしね。

とゆう私が日々思っているのは、「モードすぎると生活は間抜け」ということです。

だって、ヴィヴィアンで全身キメている人って、一見カワイイけど、部屋でやかんに水入れてるとことか、カッコ悪いぞ。だからって家に帰った瞬間に「家用くつろぎ着」に着替えてんのも、生活とゆう観点からすると間抜けではないでしょうか。やっぱ。

つーことで、ギャル系とモード系ふまえつつ今回は、**「ヴィヴィアン」**[※4]について。

語るっつってても服持ってないんですけどね。あ、スーツ一着持ってるか。でもあんまし着てません。すっごいカワイくって一目ボレして買ったんだけど。なんか着ようとすると以前駒沢通りで見た「全身ヴィヴィアン二人組」を思い出すのです。

前もってお断りしておきますが、ヴィヴィアンの服がどーこー言ってるんじゃないですよ。すごくカワイイし、むしろスキなくらいなんですけど、その二人は、「日本の街」から恥ずかしいほど浮いていたんです。それがもーなんかカッコ悪！ってかんじで。

もーひとつお断りしておけば、その人達の格好も、「間違えて」たワケじゃないの。けっこうカンペキに着こなしてたほうだと思う。メイクとか髪もキチンとしてたし。

だけどそれがまたかえって「カッコ悪い」。なんでか？と考えた

モヨコのギャルギャル
KEY WORDS
※1 JJ いわずとしれたギャル誌の代表
JJ
さいきんアンナ載ってないなぁ
※2 キューティー・スプリング系
それと対極をなすモード系ギャル誌。代表キャラはひなの、らんらん、ミワコ
CUTiE
※3 ミ・ジェーン、セシルマクビー
コギャルの夢は渋谷109をまるごと手に入れることらしい。(byカワイイ!)
コギャルの2大ブランド
セシルマクビー
ミ・ジェーン
この柄の服去年死ぬホド見た
こういうとこにレースのついたスーツが今春のスタイル
あなどれない
渋谷109
オトナのほしい物はナイだろーと思いきや
コレ欲しい!!
ちょっと去年のミューミューチックなスパンコールのサンダルとかあってカワイイッス。
今年しかはかないクツは安くてイイ!
しかも値段がめちゃ安!!

んだけど、やっぱ基本的に、コレクションラインのまま街歩くなよってことでしょうか。

あ、あと思った、男に対する意識がナイのは、あんまり美しくないってことっスよ。やっぱ。

服を通して、その人の「あたしだけが満足してりゃいいのだ!!」とゆう意識が出ちゃってんだと思う。だからってワケでもないけど、私はずっと、**JJとかのスタイリング**[※5]ってスキだったのです。ちゃんとそこに「見る人」の存在があって、しかも「カワイク見られたい」とゆう正直で実用的で楽しい意識があるワケで。

なのにナゼ！ 今、キューティー・スプリング路線なのか？

ハッキリ言って自分でもよくわかりません。やっぱ冒頭で言っていた、「働きつつカワイイ格好」を追求してたら……ということでしょうか。

なんか**去年まで**[※6]は、ラルフのシャツとか着て、パンツなんかもへナへナした生地のやつはいて、外出るときプラダのパンプスで、とか思ってたけど、なんかそれも疲れたっつーか、もうちょっと楽チンかつ、カワイくてギャルっちいかっこはナイものか？　と考えた末、キューティー・スプリング系へ移行したとゆうワケなんです。キュ

※4 ヴィヴィアンで全身キメている人達（上半身）

下半身（後ろ姿）
かさ
10cm以上

※4 ヴィヴィアンで全身キメている人達の背景
生花店
すずや
とんかつ
うどん
日本の商店街

※5 JJのスタイリング小見出し
「合コンで好感度GETのイチオシワンピ」わかりやす〜〜。
スバラシイ!! こーでなきゃ

※6 以前心がけてたスタイル
ピアスは開けずに
イヤリング
それも大ぶり
「アクア」とか
行って切る
イタリアもののブラウスとか
←ペンダント
とかブレスは
いつも装着!
香水も必ず
つけるのだ
トートは
もちろん
プラダで!!
パンツも
グッチやイタもの
デザインは定番で
黒、グレー、
ベージュ、こげ茶
などをそろえた
そして代官山の
カフェでお茶
している時フト
「これってコスプレ
……?」と気づく
クツは
グッチかプラダ
よーやるよ……
※7 今の私のまぬけぶり
(本来の姿)
前髪切って
モテ度0
ボディーピアス
14Gまだ
無印で
1500えん
ビンボウ小学生風
犬に
とびつかれた
ほつれ有
渋谷の
ROSEBUDで
買いまちた
くつだけ
スピック&
スパンで
買った
等身まで
ちぢんだ…

ーティーはまあ、若すぎってハナシもあんですけど。
　あとスプリング系についてくる楽しいオマケは、買い物の楽しさ。もともとヘンな服ズキなせいもあって、ギャル系だったとき苦労したのが「ほちぃ♡」

って思わなくても着こなし的に必要なので買わなきゃいけない定番アイテムの買い物。でも、もうそういう買い物で苦しまなくていいのがすこしウレシーのだ。

なーんていろいろエラそうに言ってはいるけど、私の**今のカッコ**[※7]は、去年のプラダの濃いピンク(つーかムラサキ?)の丸首ニットに、無印で買った黒のマフラーを巻いて黒タイツにデニムのスカートです。八枚はぎの。

あんまモテなそう? ほっといてくれ!!

みんなでコスプレ暴走化？ モヨコ、若者ファッションを斬る！

ちょっと最近ワタクシとても気になってるコトがあるんですけど。十代の若者がヘンな格好するるっつーのは世の常どすが、最近ってヘンすぎねーか？

まー。私たちが子供のころも**バルーンスカート**[※1]**はいて、みつあみにハリガネ入れたりしてましたが**、そーゆーのも当時のオトナから見たらこれと同じ感覚なのか……？　教えて!!　三十代後半のひと!!　あのおしゃぶりくわえて**首にビニール**[※2]**チューブを巻いている人達**は何？　皆さんも見たことあると思うんすけど、渋谷とか原宿で。今もうスゴいことになってんだよね。子供。

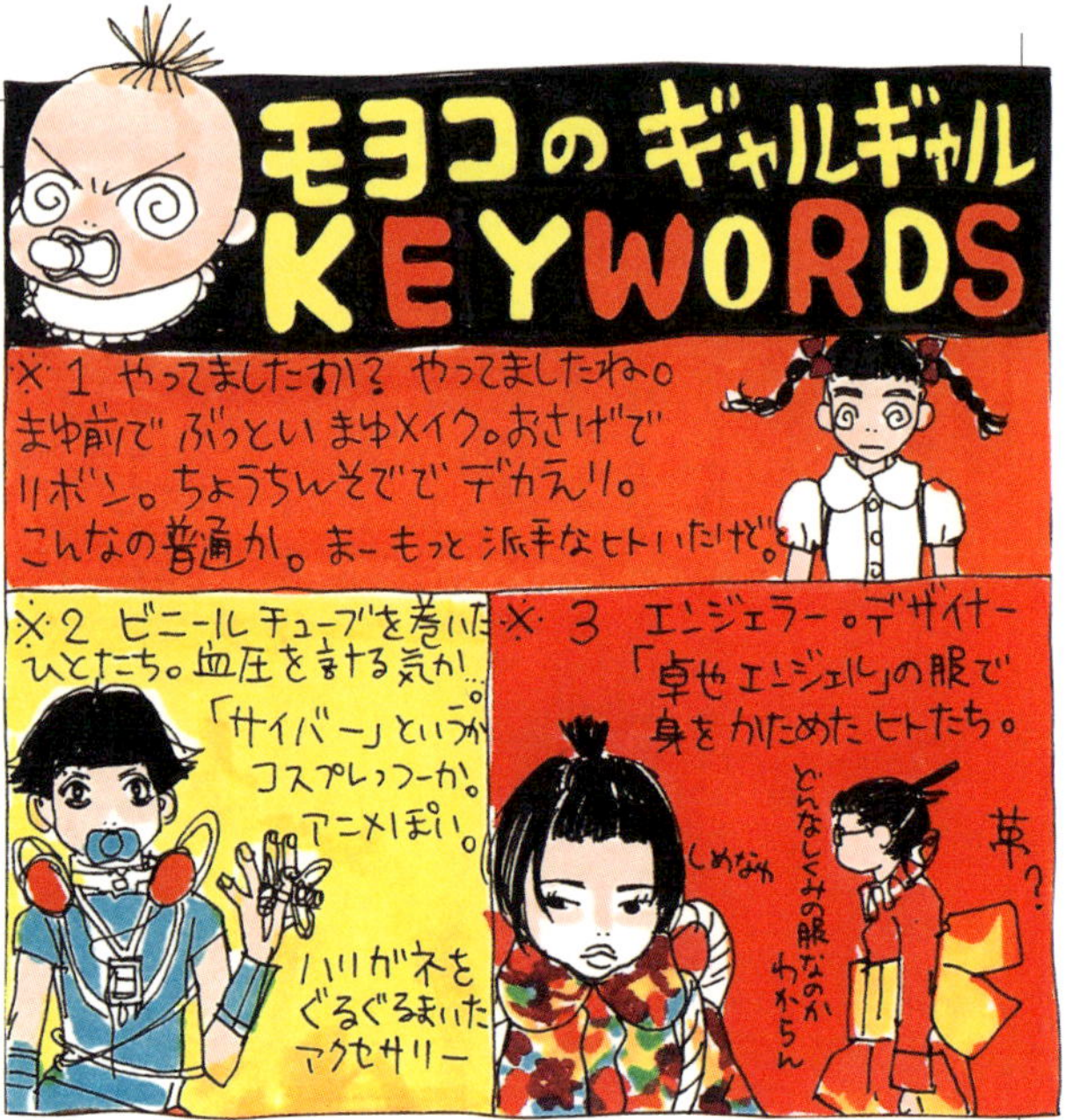

モヨコのギャルギャル
KEYWORDS
※1 やってましたか!? やってましたね。まゆ前で ぶっとい まゆメイク。おさげで リボン。ちょうちんそでで デカえり。こんなの普通か。まーもっと派手なヒトいたけど。
※2 ビニールチューブを巻いたひとたち。血圧を計る気か!
「サイバー」というか コスプレっつーか。アニメっぽい。
ハリガネを ぐるぐるまいた アクセサリー
※3 エンジェラー。デザイナー「卓也エンジェル」の服で身をかためたヒトたち。
しめなわ
どんなしくみの服なのか わからん
革?

一〜二年前から現れ始めた**エンジェラー**[※3]とかを筆頭に、それって、おしゃれじゃなくて仮装なんですけど……、といった格好の人達が急増中。

あれ、どうなんでしょうか? あたしはダメだと思うんですけど。そりゃーいつの時代もタケノコ族のようなおかしな人達って(たとえが古い? でも

※4
基本的に手作り。
スカートと共布。

わかるっつーことは同世代だ!! な)いるには、いる。必ず一定のラインで存在する。

　けど、ここ三〜四年、いや五年くらいでオシャレさん人口がゴーッと急上昇したのとときを同じくして、そういう人も無《む》軌道《きどう》に増加した(と私は思うんですが)。

　それにしても、もうあの[※4]**キャハンのよーな、レッグウォーマーをガーターでスカートからつるした人**とかってどうなってんでしょうか。今、ティーンの間では、自分で服つくって、「[※5]**自分ブランド**」と称してタグとかブランド名とかデザインするのがハヤっ

※5 乱立する自分ブランド!「ブランド」って…?
ブランド名はロケット2号
ブランド名は「きんぎょ」
「着る時代からつくる時代へ。みんなと同じ服なんて着たくない!!」
と言うことらしい。

てるらしいのですが、それはそれでイイことっつーか、楽しそうですし、**私[※6]も今ティーンだったらやってるだろうと思うのですが**、なんかそーゆうレベルの問題じゃなくて、そのデザインとかコーディネートが壊れてるんだよ。

いや、なんつーの、パンクが出てきたときとかもそんなふうに言われてたのかもしれないけど……キリないけどそれ言っちゃうと。三千年前のエジプトの石板にも「最近の若い奴は、なっちゃいねえ」って書いてあったらしいから。

でも!! なんか違うんだよ。みんな独自のオシャレって感じじゃなくて「無軌道な格好」というパターンをどんどんコピーして増殖していく様《さま》が、規則的で恐ろしいの。

おしゃぶりして、首にビニールチューブぐるぐる巻きの人も一人だけ見かけたら「お、おかしな人だな」(って同じ反応じゃねーか)って思うかもしらんが、何人も何人も見かけると、それって制服？

とか思う。だってみんな同じなんだもん。

ヴィヴィアンのスカーフ[※7]を巻く、とかもそう。記号になってんだよね。「それやるとオシャレ人間の仲間入りー」っていう。だからホントにおしゃれな人って、自分の好きな色や柄のスカーフをその日の服に合わせて巻いたりするんだろーけど、何着ても、ヴィヴィアン巻いときゃオッケー！　ってヤバくないスか？　制服だ制服。

まーあたしたちもコドモのこと言えないけどさ。この前青山歩いてたら、**同じコーディネートの人が三人連なって**[※8]歩いてくの見たし。もちろん他人。ま、自分たちのコトは棚にあげてと。

ティーンのストリートファッションの雑誌、今、いーっぱい出てるんで、コンビニで立ち読みしてください。もしくは思いきって一冊買ってみる。そいで友達といっしょに見る。かなりおもしろい夜になります。もうね、なんかこーゆうのわかんないってことは、あたしたちってトシ!?　ってホント思う。つーか千秋の影響？　まーあ

※6 てゆうか やってました。
すいません。「メルヴェイユーズ」という名も考え、作った服を着て写真とったり……。どんな服か
(トモダチと2人で)
忘れたが。
でも基本的な「ビンボーな中でもオシャレしたい」っつーのは同じなのよね。
「高いから作る」ってそう
※7 ヴィヴィアンのスカーフ
いまや、あのマークさえ入ってりゃ万事OK。無敵のヴィヴィアン。
くり返すようですが
あたしもキライなわけじゃナイっすよ。

のヒトは、自分で思いついて、ヘンな格好でもオリジナルっていうのがあるけど、それをそのまままねしてチュチュにジャージの上着て頭にティアラとか。どうなんでしょうか？

ピーコのファッションチェックでチェックしてほしいんだけど。……ピーコ発狂。というか相手にしないか。まあそれはいい。

もう痛いのは、**オシャレ**[※9]**と思っている格好が、ただの変な格好というコトがわかんない子供**がいっぱいいるということなんじゃー。カワイイなとかカッコイイなって子もたくさんいるんだけどね。でもみんな、より人のコピーに長《た》けてきてるよな。雑誌そのままとか。でも、それっておしゃれなんでしょーか？？？

※8 同じ人3人連続だと
いくらカワイくても…。
ついしてしまいがちなラクな（かつ、フレンチの風が吹く）定番スタイル
シャブリエ
ハッシュパピー
※9
いや…
本人が幸せなら
周りがゴチャゴチャ言うことじゃないのですが…。

まちがいだらけの髪型人生にピリオドを打て！

ホワーイなぜに〜♬[※1]（©矢沢永吉）つーことで、トゥディ今日も！「美」に関する悩みはつきません、この「美人画報」。
何がって、髪!!　キマんないったらありゃしないんです。たしか前に美容院行ったのって一ヵ月半か二ヵ月前……。あんまり伸びたので前髪は自分で切ったのですが、なんか年のせいか顔のせいか、**「パフィー」**[※2]**みたいな「前髪感」**出ないんすよ。なんてゆうか、ただの前髪あるひとっつーか。ホワ〜イなぜ〜に〜♬
そこで今回私は、**私**[※3]**のまちがいだらけの「髪型人生」**について語らせていただきましょう。いつからまちがえはじめたのか忘れてしまいましたが、けっこう昔から美容院から泣きながら帰るタイプ。

まー原因としては、①何も決めずに美容院へ行く、②どうしたいのか、ハッキリと伝えられない、の二つが挙《あ》げられてます。自分が悪いんじゃねーか。でも……これにはワケがあるのです。深い深い理由が……。

なんつーか頭の形と髪の生《は》え方なんですけど。私の場合、まず**ゼ**[※4]**ッペキ**。そのうえで生え際《ぎわ》が下すぎる。おでこが狭くて、頭頂部までの距離がたぶんフツウより長いの。ってここまで言うと、たいてい美容師さんは「そんなことないよー」とか言うんですが、こちとら絵を描くショーバイ長いので自分のことでもよーしゃしないぜ!!(涙)あと、髪の根元がたおれてる。ま、日本人はほとんどそうだとゆう話ですが、たまにいるではないですか。どんなカットしてもカッコよく決まるヒトとゆうのが……。

私の場合は、たとえば雑誌の切り抜きを持参しても、まったく違

モヨコのギャルギャル
KEYWORDS
※1「ホワイなぜに？」
私、アルバムとか聴いたことないんですけど、この一行で矢沢永吉がどんだけスゴいかわかった気がします。
※2 パフィーみたいな前髪感。
CMかわいいよなー。
でも朋ちゃんは前髪ない方がいいのでは…。
チィース
※3 まちがえた髪型。
「フラッパー」がハヤった時近所の美容室でただの「オバさんカーリー」おかっぱ版にされてしまい学校で「パンチ」と呼ばれるハメに…。

う仕上がりになってしまうのです。髪質なのか、美容師さんのウデなのか……ホワ〜〜イなぜ〜〜に〜〜♬（絶唱）

そんなワケで、雑誌見て「お、この髪型カワイイ〜♡」とか思っても、「でも……また私がこの髪型しようとしても、ビミョーに違うカッコ悪いスタイルになっちゃって、毎日スタイリングに苦労して……」などなど思いがめぐり、結局そのヘアスタイルをあきらめるんだけど「パーマをかけたい！」とゆう初期の欲望だけが残留思念となり、どういう頭にしたいのか？　とゆうビジョンがないままに美容院へ行き（それも飛び込み)、「おまかせします」とか言っちゃって、(それは好みをよく知ってもらってる常連客のセリフなのでは……)などの自分ツッコミも乗り越えて、めでたく大失敗するワケです。

美容師さんも「私に似合う髪型」じゃなくて「自分が今やってみたい髪型」にしちゃうしね。ちゃんと希望言わない私も悪いかもしれないが、どう見ても全然似合わない頭……。

そうあのときは、アン・ルイスの前夫・**桑名**[※5]**なんとかって人とまったく同じ頭**

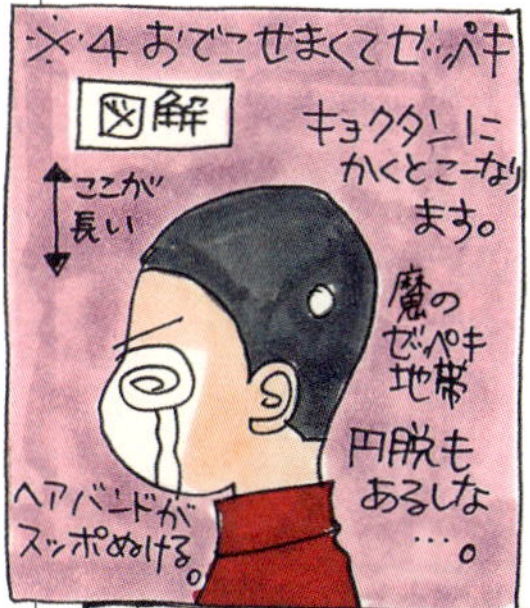
※4 おでこせまくてゼッペキ
図解
キョクタンにかくとこーなります。
ここが長い
魔のゼッペキ地帯
円脱もあるしな…。
ヘアバンドがスッポぬける。

※5 したかった髪型と なっちゃった髪型(桑名)
あたし誰?!
レイヤー入れられすぎてスカスカ。ビンボーくさい!!
だぁー
街で見かけた子。このアタマでスーツきててカワイかった。

にされてしまったが、泣くのを通り越して、笑いそうにすらなっているお私を見て「ホラ、フェミニンなかんじで、いいでしょ〜」と言ったアナタ!! そうだおまえだ!! おまえには**真※6心はないのかー!!**
……フウ。失礼しました。一回言ってやりたかったんです。やーねえ気が弱いのって……。

まあ、そういう失敗をくり返してきた結果、ここんとこ半年ほど髪に関してはスッカリ無気力になってしまいました。

もういいや……どうせ頭の形とか髪質とかいろいろあって、どうやってもカッコイイ頭にゃーなれない運命なんだ……。そう思って、ホントにボサボサにして暮らしていたのですが、最近、何件か取材があってその写真が載ったり、**12ch※8でやっていた私が原作のドラマのエンディングにちょこっと出していただいたり**（すいません……テレビなんて出られる姿してないっつーのに……。うう……）そーゆうのをイッキに目にしてしまい、我ながら「今、雑誌やテレビな

※6 真心はないのか!!
やっぱ美容師さんも、カワイイ客と、そうでもない客には差をつけてしまうのでしょうか?(質問)
それとも私のヒガイモーソーなのかしら…。
※7 大鶴義丹
←ここらへんがよくわかりません。
てゆーかこの絵似てねーよ!!
ごめんね
※8 テレビ…ツイに出ちまった。そしてもう2度と出まい…。おそろしいものじゃ。ウウ。でも、テレビに出てる人達はホントに細くてキレイだなー。主演のフリップフラップは超カワイイ!!大スキ♡
土よう日の深夜2:25~観てね!!!
※9 最近のメイクレベルの上昇には目をみはるものがあります。
オメーらホントにしろーとか?!
↑曲もイイッすよ!

どに出てる人で、ここまで無トンチャクな髪の人は、私と※7大鶴義丹《おおつるぎたん》くらいなのでは……」という思いがこみあげました。だって雑誌に出てる女の子たちなんて※9**芸能人顔負けのキレイさ**だし……。みんなヘアメイクさんがいるのか？

いけない……このままでは、髪型失敗人生が続くばかりだ。今がピリオドを打つチャンス!!　そう打算した私は、急にとことん図々しい人になって「VOCE」連載担当の小林青年（少年探偵団）にお願いしてみた……。

「パーマかけたいんですけど……」

「はあ？」（次につづく）

これが現在の**最悪**ヘア!!

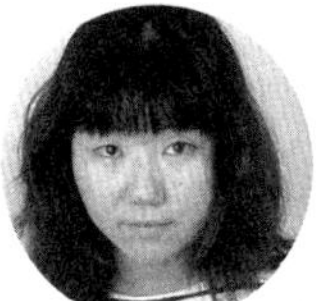

一目瞭然!? やっぱり髪型って大切♡ モヨコ大変身!!の巻

いやー。切らせていただいた。何がって髪。**続き**[※1]とゆうコトで今回は、私の髪をなんとかするという企画です。イエーイ。

とか言ってますが、まず第一にやってしまいました。美容師さんの選んだ「こまる客」の上位にくる「チコクする客」……。雑誌にもしょっちゅう登場している人気美容師さんで、**ZACC**[※2]**の店長さん**でもある高橋さんを三十分ほどお待たせしてしまったのです。やりたい髪型は決まってないわ、チコクはするわ、顔はむくんでるわ、三拍子そろったイヤな客。それが今回のワタシです。

そんな客にもイヤな顔ひとつせず、高橋さんは立ちむかってくれ

モヨコのギャルギャル
KEYWORDS
※1 先月の続き企画
「モヨコの髪をなんとかする」
美容室に行く時間がないからって
ムリヤリ仕事にしてしまうとこがすでに
ギャル失格
※2 ZACCの店長さん
高橋さん
よく雑誌に載っている方なので皆さんご存知でしょう。
ステキ
※3 私のしたいスタイル
この時点ではパーマを希望していました。
外人のコドものような。
しかししたいスタイルと似合うスタイルは、非情にも違うのだった。

※4 ボブスタイル
気付いたら「ハッピーマニア」の中のキャラクター3人が全員ボブになっていた。
今月号を読んで下さい♡
(宣伝)
なぜだ?!

ました。起きたてで頭の働かない私から根気よくしたいヘアスタイルのかんじを引き出してくれる。

私の希望[※3]は、「はっきりしたかんじ」の髪型。なんかさー、顔が地味なうえに、太ってりんかくがボヤケてるから「なんとなくぼんやりした人」というかんじがするんだよね。

しかも、「今の髪型」というコトでとった写真の上の見出し……。

「コレが現在の最悪ヘア」……。小林（担当）さんよー、そりゃねーだろう。あたしが自分で言うのならまだしも、いきなりデカ字で最悪って……（涙）。何もそこまで言ってねーつの。

ま、あの写真のとーりですね。「何がしたいんだおまえは？」的な中途ハンパな雰囲気が嫌《いや》で、思いきってクリクリとしたパーマをかけてみようかと言ったと

ころ、高橋さんはそれよりも、**ボブスタイル**[※4]でストレートなかんじがスマートでいいのでは？　と提案。

　言われてみると、いつもパーマで失敗している私。そうだ、前回もそうだったのだ。目からウロコ。**「カオ[※5]が地味な人はパーマで派手に」**とゆう、子供のころ読んだ「ティーンおしゃれブック」の呪縛《じゅばく》から解《と》き放たれるときは今！　そして、「カラーでアクセントを」という提案に、ますます「さすが、これだけのお店を切りもりしてらっしゃる方だ」と思う私。

　相談の上で、**グリーン[※6]を入れる**ことに決定。でもコレに関しては私のちょっとした思い違いがあったのですが、それは後でふれるコトにして、さっそくカットです。

　やっぱ上手な人はサクサク切っていく（時間がなかったのかもしれないけど）。あんまし迷わず、ハサミさばきも軽快だ。なんか、すんごいじっくり長さとかはかって少しずつ切ってく人とかたまにいるけど、あんま上手じゃないんじゃないかと私は思う。なぜなら私が自分で切るときのやり方とそっくりだからだ!! よくそれで失敗してんだ!

おりしも開店前の店内では、若い美容師さんたちがカットやロッドまきの練習に励《はげ》んでいた。がんばれよみんな……と思いつつ観察。**美容師さんてオシャレさん多いよねホント**。[※7] いつも感心するよ。前行ってたＡＣＱＵＡも、オシャレなコ多くて見てるの楽しかったっけ。担当の人も上手なんだけど、なにしろ待ち時間が長くってねー。いそがしくなったときだったから行けなくなったのだった。

今回のＺＡＣＣも、雑誌によく載《の》ってて有名なお店だけあって、みんなカッコいいっつーか(ま、お世辞《せじ》はこれくらいにしよう)。

そんなこと考えてるうちにカットはあっとゆう間に終わり、カラーにとりかかる。ここで私は、「グリーンを入れる」というのを「茶色の中のグリーン系」だと思ってしまっていた。基本は茶色だと思

※6 グリーンを入れる。
写真ではわからないかもしれないけど…。「GLAY」のファンみたいなコトに。
でも、1週間たった今ではすっごくイイ色におちつきました♡
みどり

※7 美容師さんたち。
職業による違いときたら…。マンガ家はツラいよ。

い込んでたんですね。しかしそれはちがった。本当のミドリだったのです。ガーン……
……。

髪が乾くまで、メイクをしていただき、ねぼけた顔に大量のコンシーラーをぬっていただき、ごまかしていただきなんとか完成!! そこで[※8]**スタイリング**開始!! 自分で言うのもナンですが、ここまでくると私もかなりシャー

※8 スタイリング
次の日家で自分でやるとヘン。
できん…どーやればあぁゆうふうにて
スタイリング剤といろいろ買ったものの使いこなせず

プなイメージの人っぽくなってて、すごくウレシかった。ちょっと髪がミドリだけどそれもカッコよく思えて、鏡の中の私はオシャレなモード系の人になっていたのでした。写真もとったよ。アナ・スイの前で。[※9]**ワーイワーイ**。でも忙しい高橋さん……。次の予約はとれるのかしら？

ZACC高橋さんからのメッセージ

安野さんのようなタイプの人は、中途半端が似合わないんだと思います。可もなく不可もなく軽くカールをかける、というのではなく、徹底的《てっていてき》にワイルドに決めるパーマか、フェイスラインをすっきり見せるストレートでいくか、ではないでしょうか。初めに希望していたクリンクリンパーマみたいなのは三分の一くらいに縮んでしまうと考えたほうがいいので、ぜひとも根気よく伸ばしていただいてからトライしてみたいですね。

突如開眼宣言「アイメイクに全精力をかけろ！」

寒くなればお肌も乾燥しがち[※1]（お、〝美人画報〟の名にふさわしい書き出し）。ワタシは混合肌なのでそんな季節は、ほっぺなどがガサガサになってメイクが浮いて困ります。対策？　なし!!　誰か教えてください（〝美人画報〟の名イッキに失墜《しっつい》）。

いや、冗談はさておき、最近わたしは「まつ毛」の力を再認識しております、っておせーよ!!　女性誌がこぞって特集した後だっつーの。はー。自分ツッコミしてると前に進まん。

で、本題に入りますが、マスカラに関して言うと、ずっと使ってたのはランコムの「ケラシル」「デフィニシル」、その後はマックス

モヨコのギャルギャル
KEYWORDS
※1 おはだも乾そうしがち
混合ハダの痛いところ。かんそうすると
皮脂も多くなっちゃう。ああ…今年こそは
ゼッタイ克服したい。とりあえず
パッティング毎日40分か？…ムリ。
ピシッ

ファクターを使ってました。
でも、一本使い。もちろん一度キリ。私、**一重**[※2]**ではれぼったいまぶたなので、いまいちビューラー使うとヘンで、**そのままマスカラぬってました。

でもここ一年ぐらいやめてたの。なぜなら……そう、アレです。いわゆる「**パンダ**[※3]**目**」というやつに悩まされ続けていたのです。ウォータープルーフだろうとパンダにゃなる!!　特に一重で、まつ毛が下に向か

※2ひとえでビューラーをつかうと…
こーなる。
なんとゆうか眼球から体ナリモが生えているよーな印象でとてもコワい。
根元から立ちあげてゆかねと…。
奥ぶたえなのかも。
※3パンダ目
アイラインが流れてしまうのもあるけど
↑このゾーンに転写されてしまう。
やっぱ年より老けて見えるし単純にこわいよな。

って生えてるからね。あーいるいるこーゆうおばさん。駅前のスナックに。ってあたしか!? あたしなのか!! この歌舞伎《かぶき》ばりのクマどり……。誰か助けて——!! 以上。マスカラしたまま仕事して徹夜しちゃった午前四時の独り言。

で、もういっそのことやめちまったんです。透明のマスカラも使ってたけど、ブラックほど劇的に顔変わんないから、つまんなくて忘れがちになってしまった。

そんな「**まつ毛の存在を無視したメイク生活**」[※4]にピリオドを打ったのは、雑誌の撮影でメイクをしていただいたときのこと。何年ぶりかで「自分のま

※4 まつ毛の存在を無視したメイク生活
まゆ毛 シュウのグレー
ヘレナのスペクタキュラーとサブリメッセンスモーヴ
パウダーは日によって。
ボビーブラウンの白いアイシャドウ
M・A・Cのチークエンジェル
ヴェルサーチのグロス
スティラもスキ
※5「やばいかんじで」
昔ハヤったアイラインのメイクとか。
占い師つーか魔術系。
明菜の「タトゥー」のときのメイクとか。
キャラによってはかなり呪い関係強いかんじに…。

つ毛には合わん！」と思い込んでいたビューラーが使われたのです。が、しかし、さすが他人！　私の思い込みはまったく無視。ところが、これが吉と出たのです。やっぱプロは違うね！

ビューラーでかっちりカールした後、たっぷりとマスカラをつけた私の目は、いつもよりハッキリクッキリ。ともすると「[※5]**やばいかんじでハッキリ**」しがちな顔なのに、わりとほどよく。そのとき、そばにいた人たちもビューラーの威力《いりょく》をベタぼめ！（それって……）

で、ビューラー＆マスカラを見直すにいたったわけです。雑誌もけっこうチェックして（ふだんは、新製品をみるとキリがねえ！とほとんど見なくなってたワタシ……）再確認。その結果、やっぱマックスファクターと、エレガンスがダントツだった。

三ミリのびるっつう（ホントか？）。で、パンダ目も、上からクリアーマスカラのウォータープルーフ（これはコーセーがいいらしい）をつけると解決!!

んもうっ!!　なんだーそのテがあったのかーと、大喜びでさっそくやってみました。

いや、これがもうバッチリ!!

エレガンスのマスカラは持ってないので今度買いにいくとして、マックスファクターとかブルジョワとかもってるの**総動員**[※6]してマスカラのせまくった。自分でも驚くほど変わってちょっと舞いあがったですよ（あくまでも〝自分比〞ですので……）。なんか、マスカラひとつで「今」っぽい顔になるといっても過言ではなかった。

ごめん!!　あたし間違ってた。今まで「まつ毛特集」とかは、完全に無視してた。一重ということもあって。料理の食わずギライと同じで、化粧のやらずギライってあるよね。

あたし、マスカラ。でもやってみたら大スキになってしまい、今ではどんなに忙しくても**毎日マスカラ**[※8]だけは欠かしません。

ちなみに、今気に入ってるのは**ヘ**[※7]**レナのマスカラ**。これねー、黒

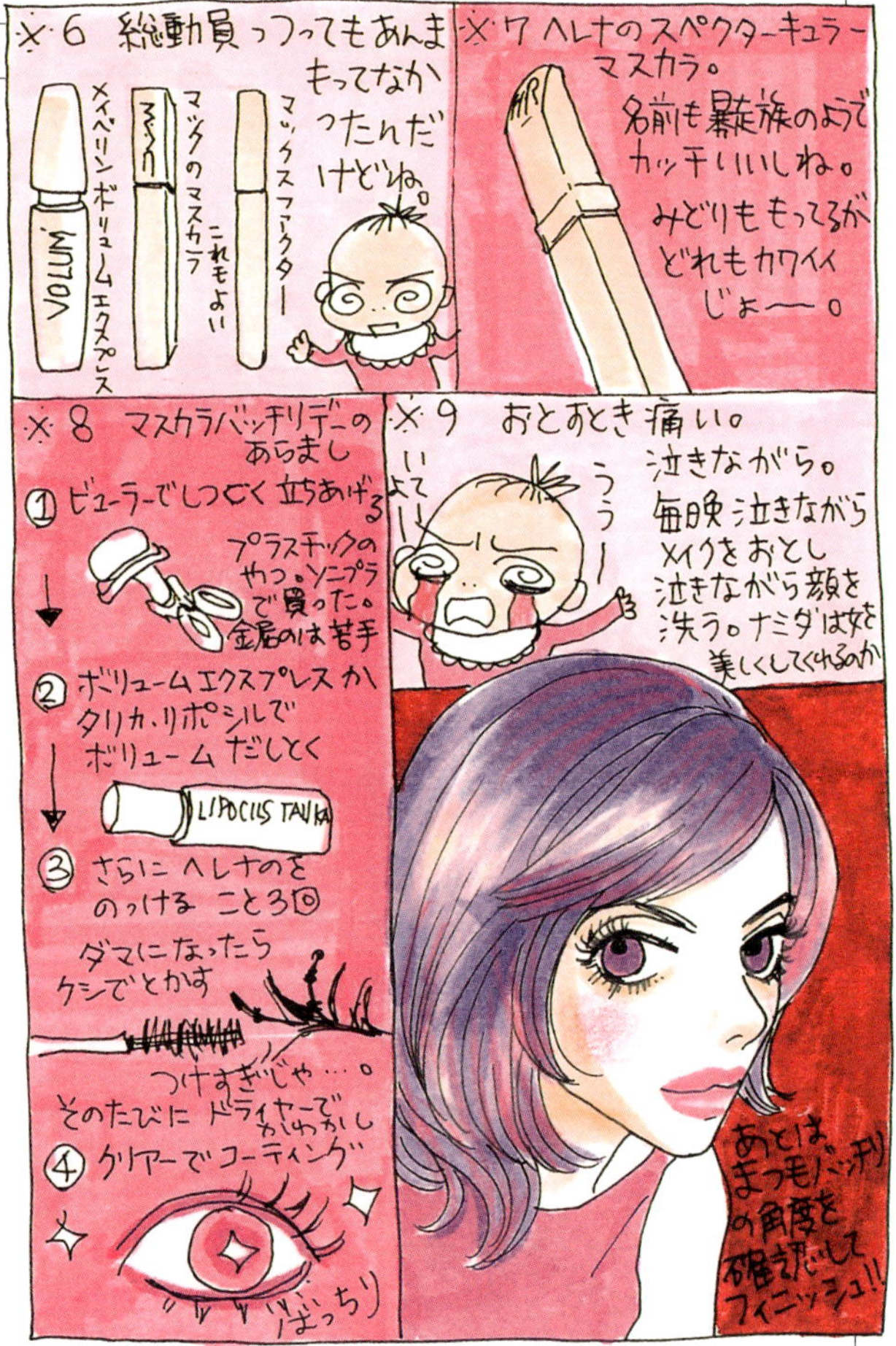
※6 総動員っつってもあんまもってなかったんだけどね。
メイベリンボリュームエクスプレス
VOLUM
マックのマスカラ
これもよい
マックスファクター
※7 ヘレナのスペクターキュラーマスカラ。
名前も暴走族のようでカッチいいしね。
みどりももってるがどれもカワイイじょ〜〜。
※8 マスカラバッチリデーのあらまし
①ビューラーでしつこく立ちあげる
プラスチックのやつ。ソニプラで買った。金属のは苦手
②ボリュームエクスプレスか、タリカ、リポシルでボリュームだしとく
LIPOCILS TALIKA
③さらにヘレナのをのっけること3回
ダマになったらクシでとかす
つけすぎじゃ…。
そのたびにドライヤーでかわかし
④クリアーでコーティング
ぱっちり
※9 おとすとき痛い。
いてーよー
ううー
泣きながら。
毎晩泣きながらメイクをおとし泣きながら顔を洗う。ナミダは女を美しくしてくれるのか
あとはまつ毛バッチリの角度を確認してフィニッシュ!!

が濃《こ》い!! 入れものもコンパクトだし。ああ、すぐなくなりそう。ヘレナを三回ぐらい重ねづけをしたあと、ドライヤーのクールですこし乾かして、クリアーでコーティングしてます。これでどんなに徹夜しても大丈夫！（つーか徹夜やめろ）目をごしごしこすらない限り。この前歌舞伎観《み》にいって泣きましたが、目の下はＯＫ！

で、やっぱクレンジングはランコムの目のまわり専用のやつなんでしょうか？ **落[※9]とすとき、ちょっと痛い**んだけど、やっぱ「美」に苦しみはつきものっつーことで、まつ毛街道バクシン中です（スキンケアもやれよ……）。

「おはよーニッポン シリーズその(1)」日本の美は建築にはじまる

マリス・ミゼル※1の人たちは何を考えているのでしょうか。ま、べつにどうでもいいですね。今回の美人画報では趣《おもむき》を変えて、私たちの忘れかけた「日本の美」について考えたいと思います。それも二回シリーズで。

一回目は「日本の建物」。もーなんかNHKの様相《ようそう》を呈《てい》してきましたが、このテーマの発端《ほったん》は、まさにNHKの「**てしごとにっぽん**」※2に出ていた職人さんはカッチよかったよな！とい

モヨコのギャルギャル
KEYWORDS
※1マリス・ミゼル
去年の暮れに大笑いしていたものが半年で市民権を得る今日この頃。流行って恐い。歌詞に自分達で造った言葉使ってるらしいから。違う国の人だ。

※2「てしごと にっぽん」
NHKの30分番組。
(15分だったかしら？)
津々浦々の職人さんを紹介してくれる超おもろい番組。
職人さんの
顔はカッチイイ
手もカッチイイ

う話から始まったのです。

金閣寺の金ぱく張る人とかさー。知ってる？ 天井の金ぱく、脚立《きゃたつ》に乗ってずっと上向いて張るんだって。すごいたいへんなの。でも若いもんがいなくて、後継者とかいないんだって。どーすんだ金閣寺。金が張ってないとただの寺なんすけど……。

今若いやつで、プーのろくでもない男なんてたくさんいるんだから、国で職人学校とかシステム作って、そーゆう親方のとこにジャンジャカ送り込んで修業させりゃいいのに。

※3 夢。
こーゆう門がまえの家で庭には松とか生えてる
ハァ〜
こーゆうくらしをするのがユメなのよ

と、そこまで言って気がついた。なんで職人が減ったのか？　それは私たちの消費が、「和もの」に向かわないからなのだった！　ガーン。**あたしの夢は**[※3]、いつの日か大もうけして和風建築で昔ながらの小粋《こいき》な家を建て、浴衣《ゆかた》で夕涼《ゆうすず》みしたり糠漬《ぬかづ》けを作ることなんだけど。聞けば、日本家屋は普通の一軒家の四倍お金かかるとゆーじゃありませんか!!　ビックリ。それは大工さん（そーゆう和ものを作れる人）が少ないからという話。

今でそうなら、私がお金を貯めるころにゃーもっといないんじゃないのか……。

思えば私などが子供のころは、まだ昔風の黒っぽい木でできた家がたくさんあったものですが、と言ってもたかだか二十年前よ!!　まだ若いしね!!　私。

なんかここ十何年、バブルも越えたことだし「趣味のわりー近代的建築」がはびこってると思うんですけど。近代建築と言っても、モダーンなステキな建物もたくさんあって、すべてがダメなわけじゃない。私が言ってるのは、ＪＲ京都駅のよーなモノとか多摩センターのパルテノン多摩とか(名前も何とかしてくれ)ミラー加工したガラス張りの、玉虫色に輝《かがや》く建物のことなんです。

あれ……どー思う!? いいの？ 便利でトイレキレイだから？ あんなもの建てずともトイレぐらいキレイにできると思うんだよね。っていうか、**趣味悪いっつーの。**

……失礼しました。また怒ってしまいました。でも、**本当にいい建物**[※4]って五十年、百年経《た》っても、美しく重厚《じゅうこう》だと思うんだよね。むしろ、時が経ってより深くなっていくっていう。流行とは関係なくて。

あれ、五十年ぐらいたってもカッコイイかな。風景から浮きすぎ!! むしろ京都という街の趣をブチ壊してるでしょ。どーすんだ。アホすぎて開いた口からさっき食べた紅イモチップスがころがり落

※4 本当にいい たてもの♡
ニューヨークとかパリとかの
アパルトマン。外国の街って皆
昔建てたものが沢山残ってんだよね
日本の民家は木だから仕方ないと
言えば仕方ないが…
※5 濃い生活文化
その昔初めて日本に来た英国人
が、「自分は野蛮人だと思った」
程、洗練されてた日本の生活。
くやしかったらしーよ
イギリス紳士も。
フフン

ちてくるっつーの。ホントにわけがわかりません。

　新しいものすべてに対してアンチテーゼを出しているわけじゃないし、日本の昔からのものすべてがよいわけでもないと思うけどね。アメリカなんて、自国で培《つちか》われたそういう文化がないのがいまだにコンプレックスだというのに。ここまで※5**濃い生活文化**を持っている私達がすべて（ほとんどすべてに近いよ）捨ててしまうのって、なんかすごーくもったいない。

　街並みも、今はどこへ行っても似たりよったりで、コンビニ、ファミレス、ガ

※6「世界の車窓から」
中国のイナカとかヨーロッパの都市とか、どこも美しいんだよね。
フランスの田舎なんて
※7 街が汚くてイヤ!!!
カブキ町とかまで行くとそれも味だけど…。
ローン
ゴミゴミ
今興味があるのはなんつっても着物。
あとお花。
池の坊とかじゃなくても普通に和の花器に日本の花を生けたりしたいのらー
着物きて明治神宮のショウブを見に行くの…
ごはんについても、江戸時代のメニューとかすごく気になってます。
体に良いという「養生訓」とか。

ソリンスタンドがゴロゴロあって。なんか「**世界の車窓から**」[※6]なんて観《み》た後、窓の外見ると少し悲しくなる。貧しい国でも、その土地に合った建物があって、人々が生活しててこそ、調和のとれた美しさがあるのに、不景気とは言え何千万円もの車が予約だけで完売するこの**日本の風景の貧しさ**[※7]……。

もーちょっと街路《がいろ》とか電柱とかカンバンとか考えようよ、って思ってるのは私だけでしょうか？　と思ったらけっこうみんなもそう思ってんだよね。この前も、仲よしの編集さんとそーゆー話になって、着物も着たい！　もっと日本の文化を普通に生活の中で生かしたい！　だけど知らないことばかりだ！　よし学ぼう！　というコトになり「日本の美勉強会」が発足《ほっそく》した。先生募集中です。

日本の街の美しいのって、今だったら谷中《やなか》とか洲崎《すさき》とか向島《むこうじま》あたりとかなのかなー。ホント、おしゃれはいいから、街なんとかしよう。このままでは「日本は美しくない国」になってしまう!!

「おはよーニッポン シリーズその(2)」美しい女は美しい日本語から生まれる

日本の美について、とか何とか言って、ブツブツ文句をつけているワケですが、今回のテーマ「言葉」にいたっては、はっきり言って私、まったく**人様のことをどうこう言えた義理じゃありません。**[※1]言葉遣い、間違ってると自分でも思うもん。間違ってるならまだしも、悪いもの。「うるせーよ」とか「超うざい」とか二十七歳にもなってまだ言ってるし。

ときどきハッとして「やめよう」と思う日もあるのですが習慣とは恐いもので、**小学生のころに言葉破壊した私**[※2]は、**中高と最低の言葉遣い**[※3]でぶっちぎりのガラの悪さをほこり、二十代に入って少し落ち着いたものの、いまだ卒業しきれずにいるわけです。

モヨコのギャルギャル
KEYWORDS
少しは ギャルっぽいことも書かないとなー…。あの ミュウミュウでタートルのニットとドリス・ヴァンノッテンでプリーツスカートを買いまちた。どっちもグレー。またモノトーンにむかうワタシ…。
※1 人様のことを〜〜
ある日のわたくし
近所のいなりのじぞーがさー
「お稲荷サン」「おじぞうサン」共によびすて。
どんな話題なんだよ…
※2 小学生で言語ハカイ
当時 積木くずしが大ハヤリしていた
ババァうるせー
やべーんだよ!
↓エーキョーうけやすい
そんなコトバつかうんじゃありません!!
母
※3 中高と最低の言葉使い 今のコドモと大差なかったです…。
タイドでけえんだよ
タメぐちきいてんじゃねーよ
ブッころすぞてめー
不良?

恥ずかしいことですが。

昔の映画とか観ると※4、すごく反省します。昔の（昭和初期の、とか）映画の女の人って、言葉遣いがすばらしいです。もー男だったらプロポーズしてるね、私は。

言葉がキレイなだけで、三割増し美人に見えると本当に思います。字がキレイだと美人に見えると、日ペンの美子ちゃんは言い張っていますが、言葉の美しいほうがより強力だと私は思います。

最近私が美しいと思った日本語は、**京都の旅館**[※5]で、慣れないながらも老舗《しにせ》だったので、心付けを仲居さんに差し上げたときに言われた言葉、「まあ、自分のこともできませんのに。有難《ありがと》うございます、いただきます」（と言うよーなイミを京都弁で）。

私はビックリして、なんてやさしくて美しい物言いだろうと思いました。そのとき、美しい言葉遣いってすばらしいなー、結局内容や考え方にもおよぶんだなー、と感心したのと同時に逆もまた然《しか》りで、言葉遣いや物言いが、乱暴でガサツなのって自分自身の心もよ

※5 老舗旅館
とても良かった。
住みたい…。

※4 日本映画の言葉使い
ンもう！ ひどいわ おにいさまの いじわる
発声、言葉、表情 すべて 美しい。
もちろん「映画だから」とゆうのもあるけど。
しぐさも かわいらしい
今こんな しゃべり方 できる 女優さん いるのかな。

うがそのまんま出とんのやないか――!! と気付いてかなり反省。

美しい言葉遣いとテーマを決めても、じゃあ、「美しい言葉遣いっていうのは、たとえばこういうことですよね」という例すら浮かばないっつーのもね。言葉の貧しさからくるものですね。反省。って反省ばっかしてんじゃねーか。

あ、舌の根も乾かぬウチに荒れたコトバですいません。反省。フウ。

でも言い訳じゃないですけど、美しい言葉遣いの見本がないんだも――ん!! ([※6]**両手両足をバタつかせて**)人のせいにすんな! と言うかもしれませんが、やっぱ環境って大切。だから[※7]**テレビに出てる人たち**って、しゃべり方とかもう少しなんとかしていただけないでしょうかね(さらに責任転嫁《せきにんてんか》したりして……)。いや、もちろん自分自身が、言葉を選択してしゃべっているのだから、美しい言葉遣いに関する責任も自分にあるんだけど、周りからの影響ってのは、思いのほか大きい。

この前電車に乗ったら、四人グループの女の子たちが全員同じしゃべり方だったし。早口で、ノドで発声しているという感じで、みんな見た目にはそこそこなのに、話してみたいと思わせないしゃべり方でした。

そーゆうの見ると、自分も人から見るとそーなのか？　とか思ったりして**美しくしゃべろー**[※9]と急に変えてみようとするんだけど、話の内容や自分の**キャラクターが追いつかなくて**[※8]十分でザセツ。結局しゃべり方や言葉遣いのグレードって、その人の美意識のグレードでもあるんだなーと実感しました。

昔の人が美しいしゃべり方で、現代の私たちが美しくないとすると、内面のグレードは確実にさがっているのかも……。もうエステとか服とか言ってる場合じゃない!!　話し方とか言葉とか勉強しなくては……!!

ただねー、ムズカシいのは、あんまりちゃんとした言葉遣いしてると「きどりやがって」とゆーか、周りから浮いてしまって困る、というのはあるんだよね。ホラやっぱり環境なんだよ。

よし！　みんなで、言葉遣いキレーになってグレードあげよーぜ！（「ぜ」じゃねーよ）

二十七歳のハワイ・デビューで敗北!?

さて、ツイに私安野は、**27歳**[※1]にしてはじめて「太平洋の真珠《しんじゅ》」ハワイに行ってまいりました。

ま、成田の免税とか、**アラモアナ**[※2]とか**ボディー&ソウル**[※3]とかそのほかモロモロのショッピング・スポットについちゃー、読者のみなさんに**いまさら**[※4]私がリポートするまでもないですね。二人目の男と別れた後で、ファーストキスに目をうるませてる友達のノロケ話を

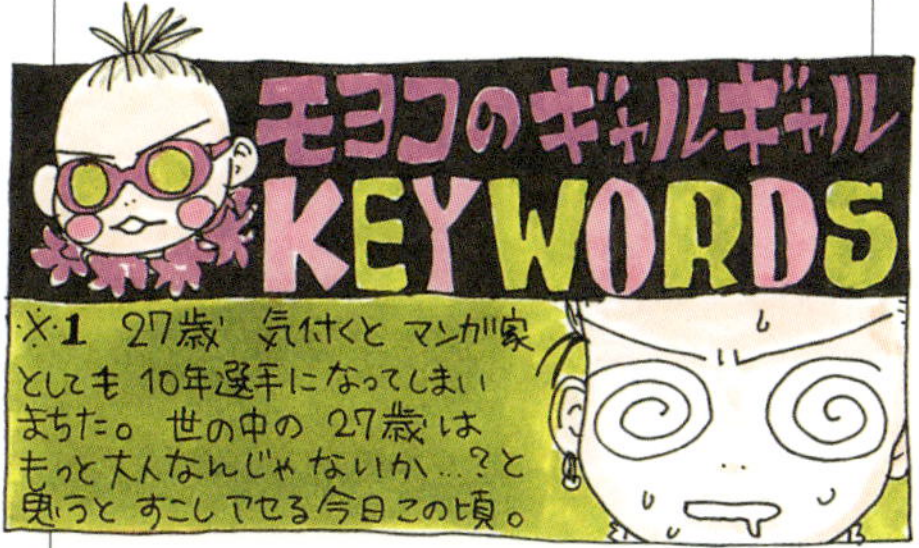
モヨコのギャルギャル
KEYWORDS
※1 27歳 気付くと マンガ家としても 10年選手になってしまいまちた。世の中の 27歳は もっと大人なんじゃないか…?と 思うと すこしアセる今日この頃。

聞かされるようなもの。

　ちょっと違うかしら？　ま、いいか。とにかく今回の旅は、私に「美」を大きく意識させるものであった。ふう。

　それはどういうことかと言うと、やっぱ「美」ってえのは「意識」がつくり出すもんなのだってコトに気付いたの！

　そのきっかけになったひとつめの出来事。よく海外での日本人はハズかしいとか言われてるけど、そのひとつに、**姿勢が悪い**[※5]ってのがあると思います。

　私もなんだけど、何も意識しないと背中が丸くなって、イスに座っててもなーんかダラーンとしている。疲れてるのはわかる……。エコノミーのせまいシートで耐えに耐えた八時間の後の解放感か。

　でも、ホテルのラウンジで、ダラーン。プールサイドでグデーンとしているのは、どうか。

　いや、いいのよリゾートだから。リラックスしてんだもん。でもホントにキレイな人って、**姿勢もキレイ**[※6]なのよね。それがリラックスしてるときホド差が出るのだ。力を抜きつつキレイな姿勢。これはもともとできる人はできるんだと思う。でもできない人は練習しないと!!（私のことです）スチュワーデスさんたちはみんなキレイだったよ……。疲れていても。

なんか、私疲れると、**表情も間の抜けきったカオ、姿勢も思いきりだらしなくなる**[※7]んだけど、それを普通に続けてると、だんだんそれがレギュラーの姿になっていくのね。そんで、イザってときピシッとしようとしても、まったくしまらない。そして体力もいる。

そんで、その疲れても**美しいスチュワーデスさんたち**[※8]が、ホテルのロビーで「お疲れさまー」とかほほえんでいるのを見て、「おお……どんなに疲れててもキレイでいる自分への執着《しゅうちゃく》が……」なーんて深く感動したわけなのです。

まあ執着とまではいかなくても、やっぱキレイな人というのは、

常に意識の中に人から見た自分の姿とゆうのを思い浮かべて動いているのでしょう。それが絶対に「美」のカギなんじゃ!! って、なぜここでこんなに言いきるかと言うと、自分で実験したんだもん。日本に帰ってから。

一人でいても、常に表情に意識を向けて暮らしてみた。そしたら、いかにふだん自分が無意識で暮らしていたかがわかりました。やっぱ人間、鏡をみてるときはつくっ

※6 キレイな姿勢はチカラが入りがち
ナチュラルにできるようになりたい…。誰か教えて下さい!!
ココとか
ココとか
ココとか
※7 疲れた顔とだらしない姿勢
ほげー
エレベーターに乗ってる時や部屋に1人でいる時のカオをチェック!!
うだー
ベッドやソファでこんなポーズとっていませんか?
つかれたし!
★かたひざたて
★おおまたびらき
※8 スッチーとかアイドルとかみんなえらいよな。尊敬です。
おつかれさまー
どこがつかれとんのや…
たとえ裏でクツぬいでたとしても、人前で疲れたカオみせないとゆうのはすばらし〜
※9 ロイヤル・ハワイアンに泊りたい…。モヨコのちっちゃな夢デス♡

てるけど、そうじゃないときは、ボンヤリした顔してんだよね。特に疲れたとき。

私などはおそらく、外で働いている方が無意識率三〇パーセントとしたら九二パーセントぐらいよ。だから、二〜三日顔意識して暮らしてたら、みるみる顔が変わっておどろいちゃった。べつに見違えるほど美人になったとか(だったらいいよな!)そんなコトはないけど、ハッキリとしてきた。二回ダビングしたビデオ(三倍モード)から、一回ダビングぐらいには鮮明《せんめい》になった気がする。

だが、その後仕事をはじめたので、またもとにもどりつつあるう。

これからの課題は、いかに生活が忙しくても疲れても、仕事に集中してても、能率はキープしつつ、顔や姿勢に意識を持てるか。やっぱ意識失ってるもん。締め切り前とか。てゆうか失神? こんなこと言ってちゃダメだ。

ハワイ行って、本当にだらしなくてみにくいのは罪だと思ったのよ!! だってリゾートって風景キレイじゃない、その中に自分が入ると一瞬にしてマヌケ感が漂《ただよ》うんだもん。

[※9]**ロイヤル・ハワイアン**とかハレクラニに泊りたいと思ったが、今の自分がそれらのホテルのロビーをペタペタ歩いていたらイヤ!! だから思ったの。キレーになってもう一回来よう……と。

自分でもかなり貧乏性だと思うけど、こんな私がリゾートでバッチリ決まる日がくるまでがんばるよ。やるよ私。みんな見ててくれ!! キラーン☆

ロスにて海外フルコースメニューに、ギャル魂暴走す!!

今回は、いろいろお仕事を休ませてもらって何をしているのかを報告します。

この間の休みはロスに行っていました。人間、働くことも大切だけど休みも必要ですね。

ロスから入ってグランドキャニオンに直行。ロスのホテルにまず一泊しました。山用の服はバーニーズのポロで調達。やっぱ寒いらしい。ロデオドライブのカフェでお茶をしながら、幸せ感にひたる……。

モヨコのギャルギャル
KEYWORDS
ホントは今回「マダムな男」ってテーマだったのに、あまりにも今「エリザベス」に出ている(恋におちたシェイクスピアにも)ジョセフ・ファインズに夢中で他の男の事が考えられず変更しました。ラ…ラヴ♡

またしても徹夜で仕事あげて飛行機に飛び乗ったために、トランクは空っぽ。これからお買い物して髪切ってエステ行って……と思っただけでナミダが……。うれしナミダがあふれてサングラスでかくしたほど。

行きの飛行機では**持ち込み用バッグ**[※1]の中にこれでもか!! と快適グッズをつめこんで、パックしたり、ツボ押したりしていたため元気だし。天気はいいし。今年の五月のNYにくらべたら言うコトなしのすべり出し!!（NYは徹夜で行って超体調崩して最悪でした……）しかも一日目の夜は、今ロスのセレブが連日つめかけているという**超!! 話題のレストラン**[※2]に連れていってもらい、ディナー。

アメリカの都市ってこういう、ドレスア

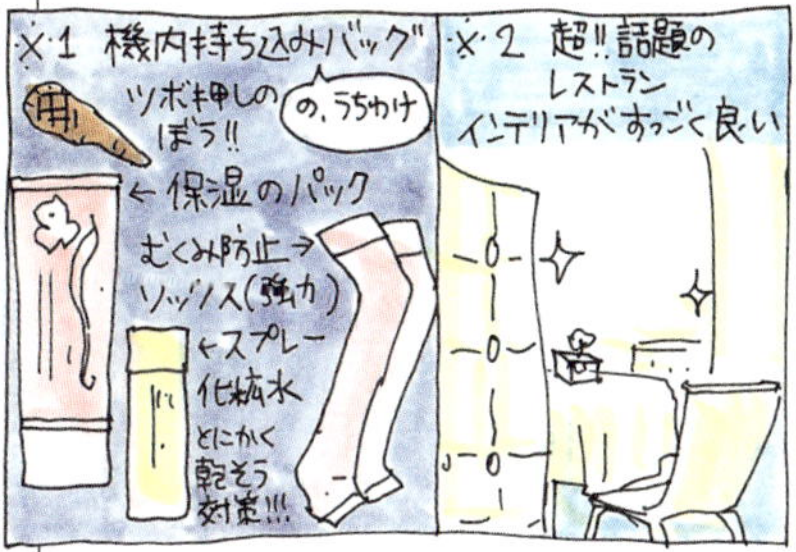

ップして行くステキなレストランがあって、いつも国民性の違いを感じてしまいます。

その夜は早めに帰って、ホテルで必要な荷物を作り一泊。トランクはあずけてグランドキャニオンへ向かうためです。いったん飛行機でベガスに行き、そこから小型機で一時間。三時ごろには到着しました。話に聞いていたとおり、涼《すず》しくて気持ちイイ!!

今回の旅、実は**「グランドキャニオン[※3]で瞑想《めいそう》」**というのが主な目的のひとつ。そして散歩。毎日てくてく歩いては岩の上で瞑想。夜明けを見て瞑想。そして散歩。夜は星を見て散歩。おかげでたくさんインスピレーションを得ました。思うんだけど、年に一回でいいから三〜四日瞑想と散歩の日々を過ごすのってすごくいい気がします。心の平安や目標の設定も「美人」への道には大切だ。

二泊してベガスにもどる。去年も泊まったベラッジオ。

翌朝、今回のもうひとつの目的、ベラッジオの中にあるサロン

「プリヴェ」でカットしてもらうため。でも一泊なので大忙し。夕方到着して、夜のための服を買ってエルメスでアクセサリーを買って**ショー見てディナー。次の日朝からカット**。なんでベガスで……と思うかもしれませんが、私の**「運命の美容師」**がここにいるからです。アジア系の女の子でデボンっていうの。この人が、生まれて初めて帰りにうれしくなっちゃうような頭にしてくれた人なのです。完璧に、私が思ってた(それ以上かも)髪型にしてくれる。こういうのって技術じゃなくて相性だもんね。とにかく今回も大満足!! 毎月は無理でも年に何回か通おう、と決意。まったくゼイタクな話ですが、そのためにも身を粉にして働くのです(働かないでも行ける人が本当のゼイタク)。

あわただしくロスに戻るやすぐ今度は**メキシコ**へ……。スパリゾートに泊まって次の日ロスに帰ってきて……ハアハア……ここまで書いているだけでイキ切れ。でも楽しいので疲れません。

※3 グランドキャニオンで瞑想
けっこうコワい。
←おちたら死ぬ

帰ってどこに行ったかと言うと、ロスでも一部の人しか行っていない「パワーピール」[※7]をやってくれるエステ。CP（ケミカルピーリング）はコワイ。コワイがピーリングは……と思っていた私にピッタリで、二日ほどは赤くなるけど直射日光さえ気を付けてればいいという自然派のピーリング。コレはクリスタルの粉でみがくというモノなのですが、ちょっと痛い。けど日本に帰ってきたころツルツルになってビックリ!! 日本でも早くどこかで始めてくれないものか……。一カ

※4 ショー見てディナー。次の日朝からカット。
「アレグリア」などで日本でも人気のCirque du Soleil
のショー。みんなドレスアップして観に行く。
超おもしろい!!!

※5 運命の美容師 デボン
私はあなたのやりたいことがわかっているわ
英語↑
通訳
アジア人なので髪質は私達と同じ黒い直毛。
今回の髪型
ブロウをしてセットするとマダミーに
何もしないとナチュラルなボブに
※6 メキシコ
カルチャーショックをうけるくらい新鮮でした。今回何から何までお世話にな[っ]た猿渡さんとご主人のロバートさん。
超ラブラブ
お世話になりました―
この2人がいなければメキシコなんて行けなかった。
※7 パワーピール ハリウッドにある。
和風のインテリアがすてき…。
窓の外にはパームツリーが…
目をつむってたのでいまいち何してたかわからないが…
いてて
ピ
※8 シャビーシック→フレッドシーガル→ロバートソン
シャビーシックはホントーにかわいい!
ほしかったお花のシャンデリア
アンティークでも日本円にして約6万!!! 安い…。
ロスのローカルデザイナーに強いショップ「フレッドシーガル」大スキ!!!
まだまだ他にもいろいろ楽しいところがあるのだ。
←ユニバーサルスタジオもD.Lも行ってない。

月ごとにやると六〜七回でニキビ跡とかシミが消えるらしい! ただ混んでて予約がたいへんなのだそう。コレも通うことにした。つーかこの連載で連れていってくれないものか……。

次の日は、朝から車でサンタモニカに行って**シャビーシック**[※8]でお花のシャンデリアを買い、インテリアを見てフレッドシーガルで秋冬モノから、ロスのデザイナーのインディーズものまでチェックしてお買い物。ロバートソン行ってインテリア小物からセレクトショップを全部廻り、夜にはハリウッドのマティーニバーで乾杯!! とギャルギャルしい旅でした。

日本で日々仕事してる分思いきりお買い物とエステと……大バクハツしちゃって、来月のカード請求がおそろしいワタシです。はー……でもまたロス行くぞー。

カラー
スペシャル
in L. A.

ついに出た!! 秘密指令「L.A.に行って美しくなれ」

みなさんこんにちは、安野どす。ロスどす。またしてもロスへ……しかも[※1]**この連載（VOCE）持ち**で行かせてもらうことが出来ましたっ!! これもみなさんがソニプラでカワイイ[※2]**チープコスメ**買うのを我慢して（決めつけ……）VOCEを買ってくれているおかげ……しっかりレポートさせていただきますよ!!

それにしてもまた徹夜……。あれほど再三言ってきかせてんのにまだやるか!! 今回は「美しくなる旅」って秘密指令なのにまた出発1時間前にトランクに[※3]**手あたり次第**そこらへんのものをブチ込んでシャワーあびて飛行機に。でも[※4]**ありがたいことにビジネス**……。

モヨコの
KEY WORDS
※1 VOCE持ち…何号か前で書いたカイがあった!!
ああ…行きたいな〜
美人画報
教訓「願望はやはり1回クチに出すべきだ!!
連れてってくれないのかー
※2 チープコスメ
大人になってもやめられない。
気付くと沢山買ってて結局金額変わらん。
あたしはブルジョワが大スキ♡
入れものがカワイイ
※3 手あたり次第…
今回重宝したのはゲランのトラベルセット!!
免税でしか売ってないのかな?!
かんそーで最悪になる機内のおハダをしっかりフォローしてくれました。
優秀です。
ふきとり化粧水
と機内で使うエッセンス
と洗顔用クリーム
とボディオイル

ゆったりシートでバクスイした私。おかげで『THE MATRIX』見逃してじだんだふみました。けどいいの。だってロスに着いたら向こうで一足早く発売されてるビデオ買うから♡

そんなワケで、快適な空の旅を過ごした私は、スッカリ元気でロス入りです。

チェックインしてすぐにモンタナアベニューにある「**シャビーシック**」※5で家具チェック。来春引っ越す自宅の参考に。相変わらず超カワイイものばかりでウットリ。しかし、今回はその3軒くらい先の店でもっとカワイイシャンデリアを発見してしまいうろたえた。だって!! 今すでにリビングにはシャンデリアがあって、この前来た時2コ買ったシャンデリアがもの置きで眠っているのに……そんなにシャンデリアばっかりあってどうする!!　と自分を制し店から出るとカリフォルニアの青い空がゆっくりと日暮れていくところ。旅に出て美しい空を見るのは人生の幸せのひとつですね。行きの飛行機から見た雲の上の夕焼けも美しくて思わず神に感謝したほどよ。

そんな情緒にひたりつつも、超カワイイアクセサリーショップ「MOON DANCE」[※6]に着けばボンノーさく烈。さんざん迷

幻想的なセドナでの朝焼けのショット。さて、「L.A.に行って美しくなれ!!」という今回の指令。果たして結果は……。

※4 ありがたいことに JALビジネス
着いてから仕事する人用だけあるよな…。
極楽じゃ
テレビが観れるのがうれしい。
みてない
本ばっかり読んでた
ものいいじてん
明治の密謀

※5 シャビー シック … もカワイイのだが
今回は その何軒かとなりの店で
超カワイイシャンデリアが…。
FIORI
スミレの花束 モチーフのシャンデリア
カワイイ
ほちい
レモンの実モチーフのシャンデリア
入口に置いてあるクッションもすごく
かわいい花柄。
昔風でなつかしい
オーガンジーの布のかべかけ
金のししゅうがシック!!

ったあげく「Sage」のハートペンダントを買いまちた。とっても気に入ってしまってその後の旅の間ずっとしてたほど。本当に気に入ったアクセサリーが1コあるだけで幸せになれるなんて、女の子って得だよね。ここは本当にカワイイアクセサリーが沢山あったんだけど、日本テイストのものが意外とハヤリ。[※7]**数珠《じゅず》みたいなブレス**が大流行していました(次の日行ったセドナで私も買っちゃった)。

次の日は飛行機でロスからフェニックスへ。そこから今度は車で2時間あまり飛ばすとだんだん風景の中にサボテンが増えてきて、セドナという小さな街に着く。そもそもセドナはパワースポットとして有名で、瞑想《めいそう》好きな担当と私は「セドナの岩の上でめーそーしてえっ!!」という気持ちが押さえられず今回の日程に強引に組み込んだのでした。泊ったのは[※8]**「オーベルジュ」**というホテル。メルヘン好きファンシー好きの女の子が見たら絶叫して失神するくらい超ラブリー♡でカントリー調のロッジに(1人で)泊る。つーかココ新婚部屋じゃないのか!? という疑問をかみ殺しつつ眠りにつく。

次の日は朝から岩の上で日の出を見るのだ。**「エアポート・メサ」**[※9]という岩の上で日の出を見る。太陽が出てきた瞬間かじかんだ指が「火」にあたってポカポカするのがわかる。感謝。

午後の予定は「リーディング」。3枚のカードをひいて、現在、未来、過去を教えてもらうと言うモノだが、店の外で、見てくれる「ヒーラー」**ミスティカ**[※10]に会う。遠くから見てもそこだけ輝くようなオーラを放つヒトでビックリする。「キレイ」って内側から放たれるものとか言うけど、多分ああゆうコト言うんだろうな。私は、と言うとホントに大当たりのことを言われてちょっと放心。困ったもんです。でも心のつかえを取るのも「美」への道……。だけど……「咲く花園を間違えている」って何!? 教えて!! マンガ家やめろってことか?? しかしあたしに他の何ができるとゆーの……(心のつかえが増えてるつーの)。その後行ったニューエイジグッズの店では「女神のように美しくなるオイル」だの「ラブ運アップのバスキット」だのいうおみやげ※11をしこたま購入。ちなみにこれらは後日大変な反響でおみやげミョーリにつきる、というカンジでした(いや、私自身がおみやげというイミじゃないですよ)。セドナを発つ昼にはもうひとつ「ストーンセラピー」というのを受けました。コレはお湯であっためた石(河原にあるよーなまるくてスベスベのやつ)を体のポイントに置く、というものなんだけど、ちょっとアナタ!! 地味だと思って食指うごかないと思ったら大間違いの気持ち良さ! じんわりあたたかさがしみこんできて体験したことのない極楽です

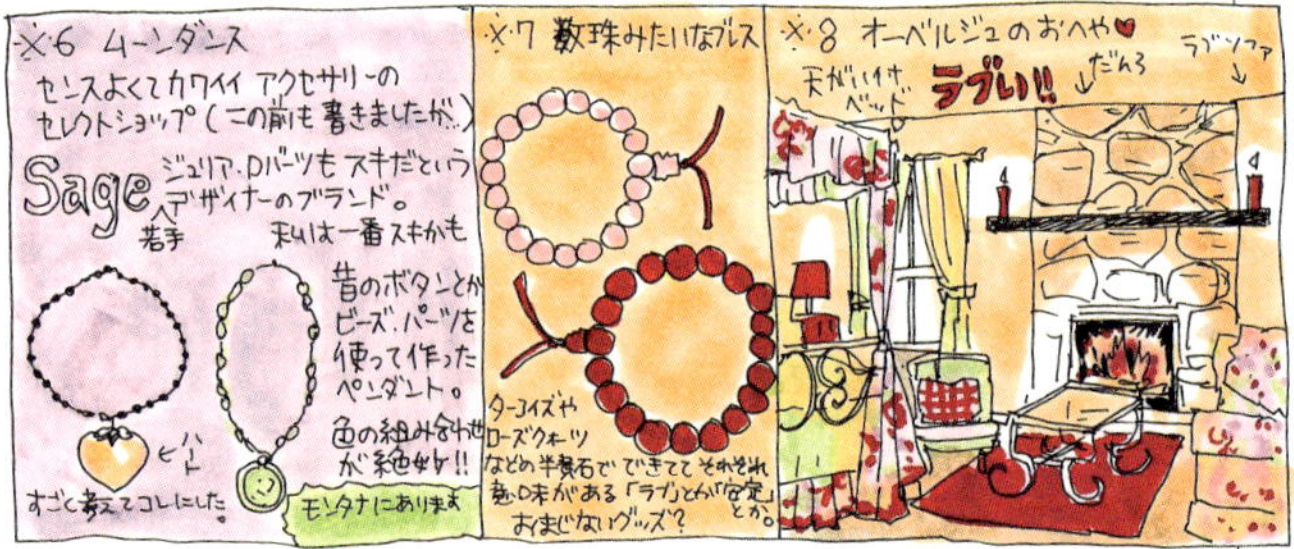
※6 ムーンダンス
センスよくてカワイイ アクセサリーの
セレクトショップ(この前も書きましたが…)
Sage
ジュリア・ロバーツもスキだという
デザイナーのブランド。
若手
私は一番スキかも
昔のボタンとか
ビーズ・パーツを
使って作った
ペンダント。
色の組み合わせが絶妙!!
ハート
すごく考えてコレにした。
モンタナにありまよ
※7 数珠みたいなブレス
ターコイズや
ローズクォーツ
などの半貴石でできててそれぞれ
意味がある「ラブ」とか「安定」とか。
おまじないグッズ?
※8 オーベルジュのおへや
天がい付ベッド
ラブい!!
だんろ
ラブソファ

※9 エアポート・メサ
岩の上でめい想したらすごく気持ちヨカッた!!
私と担は裸足で歩く始末。
しまいにゃ体操まで始めるしまつ。
あきらかに変↓
※10 ミスティカ
遠くからでもすぐ分るかがやき!!
ディズニーの社長の家にもヒーリングに行ったりしてるらしい。
※11 おみやげ
南南東（ウチの事務所）の女子達はもう夢中
パワーの→出るバスソルト
←願いごとキャンドル
↑中に石や草（目的に応じたパワーの）が入ったオイル
あたしもニーチュうの大スキなのよね
※12 フェニシアン
自分が今どこの国にいるのかわからなくなる。
イメージとしてはモンテカルロとか？
↑よくしらない
うしろは山でサボテン
こっちはプール
ここのエステはアーユルヴェーダのシロダーラなどのコースまである。
ハァ〜…
ジャグジーやサウナも充実!!

よ。ホント。これも日本でやってないのかなー。温泉とかともちょっと違うんだよね。終わった後の私の肌の輝ききたら!! 恥ずかしいほどよ。しかも施術してくれたノーマンの瞳の美しさ。今回本当に思ったのは、心が健康で美しい人は本当に文句なく美しいということです。……当たり前なんだけどね。どれほどそんな人がいな

写真右—海外だとつい妥協しがちなゴハンだけどホテル・フェニシアンはさすが、美味。
写真左—超高級リゾートホテルが集まる中の1つ、ホテル・フェニシアン。スパやサボテンガーデンもあり、いるだけで幸せになれるスウィートな空間。

いかってことですよね。

そして、身も心も休まったセドナからフェニックスへ。**フェニシアン**[※12]というホテルで1泊。ここのスパもエステも充実していて、砂漠の中のくせに青々と芝生が生い茂り、みずみずしい庭園とおしげもないプールの数々。何もしないために来るゼイタクホテル。もーここは本当に40代……いや50代になったら夫とゆっくりしに来る。何も無いけどホテル内は快適で、瞑想ルームまである、「ホテルに滞在する」のが目的のホテル。ただし帰るのイヤになります。日本人からすると浮世離れしすぎててね。

でもここに来る日本人って、どっかの会社のオヤジがほとんどで毎日ゴルフ行って1日中帰ってこないんですって……。アホか!! まだエコノミックアニマルとか相変わらず言われてんだろーなー。フー……。でもここからの夕焼けも最高でした(あとディナーも♡)。

そしてそして、ツイにロスに戻って来て美容道です。おまちかねです。まずは前回もピーリングで行った「ウラ・ヘンリクセン」。今回はオーナーのウラ本人にフェイシャルをやってもらいました。彼は本当にカリスマといわれるだけあって本人も50代男性とは思えないコギレーさ。肌とか超キレーなのにカメラを向けると「今日はコンディション悪いからダメ」と断る徹底ぶり。コワいぜ、ウラ!! けどそんな彼のフェイシャルマッサージはホントうっとりしてしまうくらい気持ちいい。しかも終わった時はお顔もスッキリ!!

さあ、次は髪だ。メグ・ライアンのスタイリストでもあるロン[※14]は冗談《ジョーク》好きのアメリカ人。ギャグセンスもバツグンでとっても楽しい。サロンは私ともう1人しかいなくて待たされることなんて無く、全てがVIP待遇で心地良く進行していく。彼のカットはもちろん最高だけど、「美容室にいる時間」を「楽しんで美しくなる月に1回の楽しみ」にしてくれるその姿勢がスバラしい!! 私が「ゼヒまた来たくなった!!」と言ったら「当然だよ。君は〟また切ってもらおう〟と思

※13 ウラ ヘンリクセン (年齢不明)
ホントは
「あなたはとても顔の骨格が良い」とか「くちびるが美しい」とか言われるとそれだけでキレイになった気が…。
ありがとうよ… ウラ…
←姿勢がとても良いウラ
小鼻のワキとか歯とか!スミズミまで超お手入れいきとどいている さすがだ!!!
「俺をやせて描け!」と30回くらい言っていた。
でも彼にカットしてもらってからいろんな人に髪の毛ホメられるんだよね―
※15 アナスタシア まゆ毛師 多分世界1
とにかく超混んでいた彼女の店。常に5人以上待っている。
センスの良い店内は彼女がコーディネート

えないようなスタイリストに髪をさわらせたりしたことが今までにあるの?」と言われてしまいました。もし英語がしゃべれたら思いっきり「いつもそうさ!!」と言えたのに……。

顔、髪ときて最後はまゆ毛。とにかくロスのセレブが通いつめているという超人気サロンで、あのキャメロン・ディアスのまゆ毛も整えてるとゆー「アナスタシア」※15で「あなたはまゆ毛そりすぎ!! 細い!! もっと生やして」と怒られてガッチリまゆ毛を描かれる。そ……そうだったのか。自分では慣れない

写真右―お笑い芸人にも見える(?)ジョーク好きなロンも、実はメグ・ライアンを顧客にもつカリスマ(!?)美容師。
写真左―ボトルや色もとてもスタイリッシュなヘンリクセンのスキンケアセット。

ので「太すぎ……」とか思ったけど、慣れてみればむしろボンヤリした顔がハッキリすることがわかり、目からウロコ。しかし、まゆ毛を整えるためだけにサロンに通うとは……。美の道とは勤勉な者が生き残る道ですね。ホント。と、感ガイ深く思ったところでタイム・アップ。

かけ足だったけどいろーんな発見がある旅でした。特に、「美」はよく言われてる通り内面から、というのを本当に心から再認識したトコロで、また今日からは、東京での果てしない美容ライフが始まるのです。

ああ、このままではだめ!!
美しさのための理想の1日計画

六十時間寝ないで[※1]仕事してお肌ボロボロのくせに何を言ってんだ！　と自分でも泣きたくなるこのテーマ。「美」を保つためにどうしたらいいか？　を日夜考えつつも仕事優先の日々の雑事でまったく実行できず、保つどころか崩壊《ほうかい》……いやもともと「美」があったのか？　とギモンでいっぱいの私。

あまりにも何もしてないので美容のための一日のスケジュールを考えると、とめどなく夢は広がるばかり。で、理想の一日。

もちろん朝は六時に起きます。七時でもいいけど、**朝の澄《す》んだ空気**[※2]と静けさを感じたいのでこの時間。その際お気に入りの音楽で目覚めたいですね。目覚まし時計のいまいましい**アラーム**[※3]にたたき起こされただけで、朝からムカッぱらをたてては美容に悪いだけじゃなく一日がだいなしになってしまいます。

アラームを止めようと、思いっきりベッドサイドテーブルをバシバシたたいているうちにベッドから転落、周りの本やスタンドで手足をぶつけるなんてこともなく、スッキリと起きる。

のびなんかしながらカーテンを開けて深呼吸。**コーラックのCM**[※4]のようだ。そしてコーラックで思い出したけどお水を飲んで体を目覚めさせ、トイレに行って、シャワーも浴びて、体をほぐしてあげる。自分の体なのに「ほぐしてあげ」たり「マッサージをしてあげ」たりするっつー表現て、いかにも「自分を大切に感」満ちあふれるかんじですね。フダン使わない言いまわしですが。

朝のメニューはオレンジジュースとヨーグルト。シリアルもいいね(あたしはカントリーモーニングが好きです)。べつに和食でもいいけど、ここはビジュアル的に。たいてい和食なんですけど納豆とみそ汁とごはんとつけもの、とか。煮豆とふりかけとか。ここは好みで、でもヘルシーなメニュー。ゆっくりブローしてメイクもして、鏡[※5]の中の自分にうっとり……。

モヨコのギャルギャル KEY WORDS
※1 60時間寝ないで…
あたくし徹夜は大の苦手なのですが、やむをえぬ理由(しめきり)で、近ごろは多くなってきました。でも、本当に体に悪いことこの上無い!! 顔とか手とか黒っぽくなるし、食べちゃうし。

ウフフフ
※2 朝の澄んだ空気
…ってとても心が洗われる。
てつやあけ
※3 アラーム
ピピピ ピピピ ピピ
止めないといつまでもなっているところがいまいましい。
※4 コーラックのCM
あのCMでみられるようなくらしぶりならベンピはしないハズだ!!
セロリをかじって自転車通勤←このかっこ

※6 10時に梅ぼし
午後3時にもいいらしい。
コレならかんたん!

※7 花屋さんでお花を
買わなくても見るだけで楽しい。
1本だけとかもカワイイし!!

いや、これもけっこう大切です。自分への愛情が自分を美しくすることもある。

そして遠回りして三十分くらい歩いて出勤。ひと駅前で降りるとか。……なんかここまでやっただけでもかなりビューティフルな気がする。

[※6]**午前十時には梅ぼし**を食べて（おかしの代わりに）体をアルカリ性に。仕事中も姿勢や立ちふるま

※5 鏡の中の自分にうっとり♡
ついでに顔の筋肉の体操をしたり。
「美しい」と言いきかせるのもいいらしいが。
まーカワイイ!!
……。

いに気を使ってラインを美しく保つ。それももう無意識レベルなの。お昼になったら眺《なが》めのいいカフェで、パスタとかサラダを食べる。手作りのお弁当なんかも余裕があればいいかも。

食後はキチンと休憩してメイクも直す。三十分くらいたったら食後の散歩に。緑の多いキレイな公園などを一時間くらい散策《さんさく》。仕事にもどる道でショップをチェックして次のお買い物の計画をたて、[※7]**花屋さんで小さな花**を買って仕事にもどる。机に生けたりして。

午後はマイペースで仕事をしたら七時までには帰りたい。友達と会うのもいいけど、ふだんは軽めのメニューで(たとえばじゃこと小松菜のパスタとか)栄養バランスのとれた夕食を心がける。でもあくまでも、メニューとしてのカワイさとか小洒落感《こじゃれかん》も大切にしたい。

夕食後は、ゆっくりと休んで読書をしたり部屋を片付けたり。**バ**[※8]**スタイムもたっぷり**時間をとってアロマオイルやキャンドルでヒーリング。彼とマッサージをしあったりもいいかも。「ターザン」みたいに。[※9]**恋も美しさには大切だものネ!! ウフ♡**

そして毎日シーツをかえてる気持ちいいベッドに入るのは十一時ごろ。……ホントにこんなふうにすごせたら、ストレスも少なくて、きっと心のそこから笑えるようになるだろう(笑ってないのか?)。やっぱ生活がその人に出るもの。

あたしもコレに一歩でも近づけるようにがんばろうと思ってます。とりあえず朝起きるのと梅ぼしだけはできます。私でも。朝から食べるものがないからってナッツとか食べるのやめます。鏡もツラくて見てらんないし。

仕事中に姿勢の悪さからイスからおちたり、店屋もののごっつい丼ものをキムチとかきこんで、タバコすってそっこー仕事にもどって朝までメイクも落とさず「くそー今度あいつなぐったる!!」と、どす黒い思いをうずまかせながら仕事……というのもやめる。てゆうかやめたい……。
でも、理想の一日のレベル……あたしの、低い気がするのは気の
せいかしら？？？

※8 バスタイム
これはけっこうもうみんな定着してるかんじですよね。
あたしはここで本を読んでしまう〜。
リラックスしてないじゃん。
ミステリー
※9 恋も美しさには大切だものネ!!
ウフ♡
…じゃねーだろ
ウフ♡じゃ…
オイ。

実現するのか!? 美しさを求めた夢の部屋大計画

部屋を片付けろ!! **子供のころから**[※1]何度言われてきましたか？ 私はたぶん四百回ぐらい……。数えたことないけど、印象として。

去年おとしあたりから、インテリアもおしゃれ生活の一部として重要視されるようになり、日本人のインテリアセンスも一段アップしたかのように思われる今日このごろ。

やっぱり美人になるには美しい部屋に住んでなきゃいけないんじゃないか？ と思いつつ、引きだしからマフラーがたれさがり、パーテーションの向こう側には**四十五度まで重なったハンガー**[※2]にかけてかけて、ハンガーの上にまたハンガーかけて!! 勝手にめちゃかけハンガー化している私のオープンクロゼット。つーか押し入れ。

読みかけの本の山にDMやハガキ。まだしまってていない下着に、先週から使ったバッグが順番に出しっぱなしで置いてある。このまま散らかった部屋の描写してても、この原稿は確実に終わる、とゆうぐらい散らかっている。見るのも嫌《いや》。そして片付けるのも嫌。

でも、このたび引っ越した私。二年ぶりに**寝室にはベッドだけ**[※3]♡という憧《あこが》れの状態。ただ、とりあえず片付けたのは寝室のみで、ほかの部屋は持ってきた荷物が並べて(もしくは重ねて)あるだけ。とてもインテリア云々《うんぬん》言える家には仕上がっていません。

だいたい収納が足りなすぎ。前の家は古〜いマンションだったため、多すぎるホドの収納がありました。押し入れ一間半。クロゼット二つ。ベランダにも物置があった。

しかし、今度のおうちは各部屋にクロゼットはあるものの、奥行き、幅ともに押し入れには太刀《たち》打ちできない小ささ。服を収納する箪笥《たんす》がどうしても必要になってきます。

今のところ一部屋つぶして押し入れ収納ケースをつみ重ねて置いてあるのですが、これがもう、とてもインテリアどころのさわぎじゃなく美観が……。てゆうかすっごく貧乏くさいの。もーイヤー!! ってなります。なんでこんなに服とかシーツとかあるんじゃ!!

はじめてひとり暮らししたときは何もなかったのに……。この前まで住

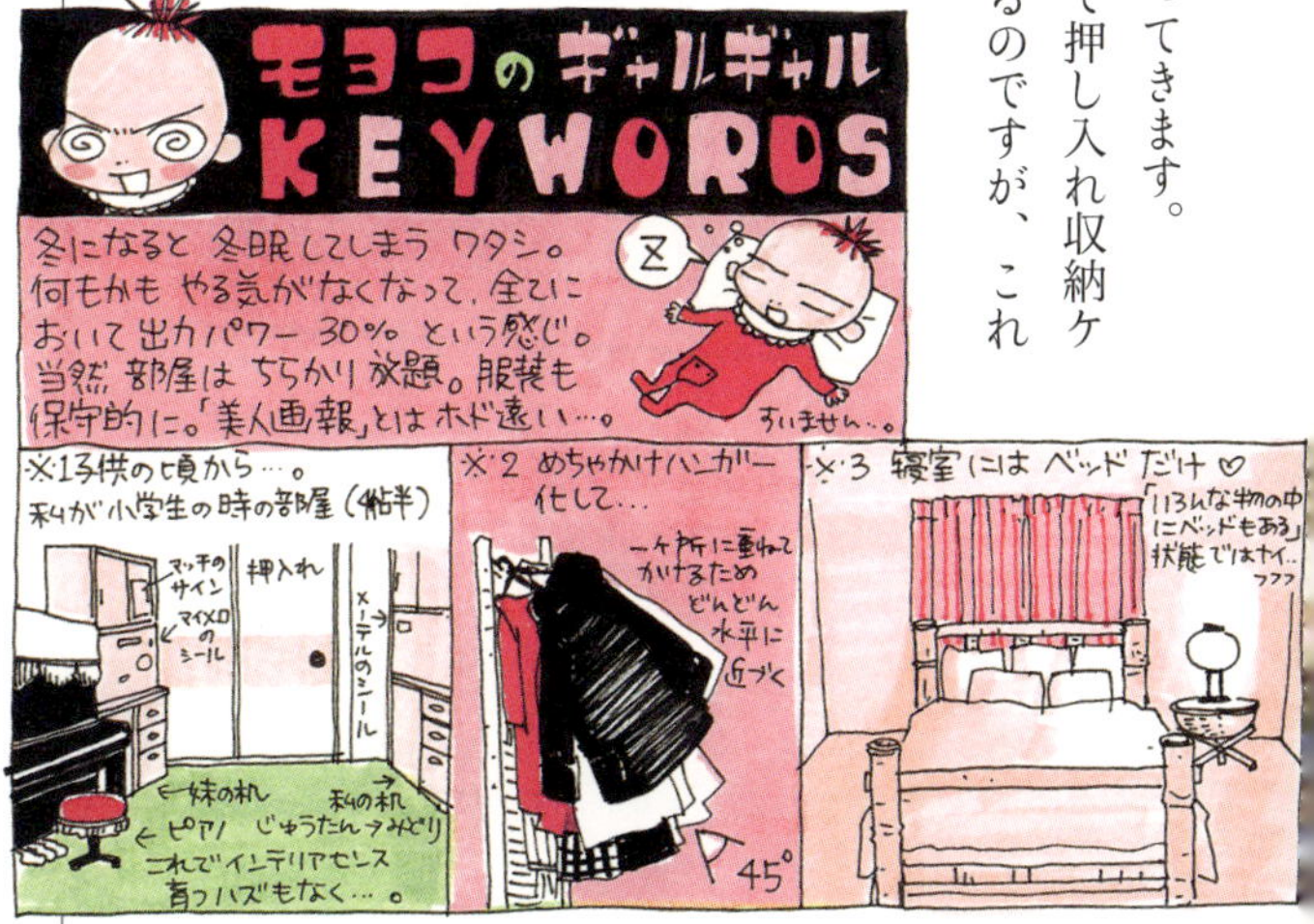

モヨコのギャルギャル
KEYWORDS
冬になると 冬眠してしまう ワタシ。
何もかも やる気がなくなって、全てに
おいて 出力パワー 30% という感じ。
当然 部屋は ちらかり放題。服装も
保守的に。「美人画報」とは ホド遠い…。
Z
すいません…。
※1 子供の頃から…。
私が小学生の時の部屋（4帖半）
マッチのサイン
マイメロのシール
押入れ
メーテルのシール
←妹の机
→私の机
←ピアノ
じゅうたん→みどり
これでインテリアセンス
育つハズもなく…。
※2 めちゃかけハンガー化して…
一ケ所に重ねてかけるため
どんどん水平に近づく
45°
※3 寝室には ベッドだけ♡
「いろんな物の中にベッドもある」状態ではナイ..
フフフ

んでいたところも、はじめて住んでたとこから引っ越したときはなーんにもなくて「ひ、広ーい……」と思ってたのに、今のところだって前のところより部屋は多いのに……結局どんなに広いところに住んだとて散らかすし、インテリア性のない暮らしになっていくのは自分に収納能力&インテリアセンスがない、というコトなのでは……。気付くの遅い!!　でもホントにこのままではどんな部屋に住もうと同じことのくり返し。何とかしなくてはいかん!!

まず気になってるのが**玄関のくつ箱の上**[※4]に便利だからってカギ、くつベラなどがごちゃごちゃ置いてあるところ。そのうち、すでに物があるというのに安心してハンコとかルームスプレーとかハガキとかペンとかどんどん物が増殖していく。まねき猫とか、うさぎの置物とかも置かれはじめ、完全に「実家の玄関」と同じ姿になっていく。おそろしー──ですね!!　気付くと自分の育った環境と似たインテリアになっていくんですね!!

ウチでは[※5]**リビングのサイドテーブル**、テレビの台、食器棚、寝室のベッドサイドテーブル、ドレッサーの上、キッチン、おふろ等すべてのポイントで、「実家化現象」が起きています。

　こんなとき、キチンと片付いた実家の人はうらやましい。でも、母親が片付け魔だったために、自分ひとりで住んだら散らかり放題という人も私は知っている。ま、それは置いといて。

　何とかこの恐ろしー現象をくいとめてえ!!　と思った私は、この引っ越しを機に、「まだ使える」という基準でとっておいたものを「この半年使ったか」という基準に切りかえ、人にあげたり売ったり捨てたりしてしまいました。中には、ほとんど新品なもの、もしかしたらまだ使いみちが……と思われるもの、私以外の誰がほしいのか全く見当のつかないもの等がありましたが、心をオニにして別れを告げ、そして思った。買うときから考えなきゃイカンのだと。美しい部屋を保とうと思ったらむやみに買い物をせず、すべてのバラ

※4 玄関のくつばこの上…。
なんですぐに物があふれるのか…。
くつべら
ROOM
千両

※5リビングのサイドテーブル
ろうそく
灰皿
ライターが何個も…
雑誌とDMの山
アロマオイルのびんがゴロゴロ

ちなみに今回のひっこしで新調した家具はレザーの赤いソファのみ。前のソファは布ばりだった為 犬たちのエジキに…。
福生にある米軍の払い出し家具屋によく行く。(コレも)
安くてカワイイ!!
ウチの家具ってほとんどそこで買ってるかも…。

ンスと相談しなくちゃ。生活自体をシェイプする、すなわち美しい生き方つーことか。わかった。どっかで聞いた。

　でも……ここまで書いといて何ですが、キレーなのもいいけど、ちょっとつまんないなーと思ってしまうのは……まちがってんのかしら？

部屋がちらかってても死なねーよ!!　ああ……こういう考えじゃ美しい部屋に住む美

しい人にはとうていなれないな。だからダメなんだよ。でもキレイな人になって散らかった部屋に住むっていうのはどうだろう？ってそれもちがうんだよ!! ああ……結局部屋はどうでもいいのかもねー。生きてれば散らかるさ。なんでテーマと逆の結論……？

ま、それもありってことか……。混乱。誰かウチのリビング何とかしてください。

私の夢の（また夢の）リビング。一体いつの日実現するのか…。
もちろん住んでる人は美人でおしゃれ
ー絵とか…
オイルヒーター
夢のリビングを実現するにはまず自分が邪魔!!

きれいな女にふさわしい「美しい食事」はこれだ!!

今やきそばUFOを食べ終わったところです。あーおいしかった。けど二十八歳女の昼ごはんとしてはいかがなものか？　「**ターボ湯切り**[※1]」でお湯捨てながら思いました。

台所でカップやきそばのお湯を捨てる姿が似合うのは十代男子のみ。二十代男子も一応よしとする。やっぱりまがりなりにも二十代、まがりなりにも「美人画報」という名の連載を持つ人間が**こんな食生活**[※2]では……と急いで「**野菜生活**[※3]」も飲んでみましたが結果として「体に少し気を使ってる感じ」がオッサン度を増加させただけでした。美しい食事がしたい!!　叫ぶ私。

「美しくなるための食事」と「美しい食事」の違いですが、前者は「健康＝美」、美肌や美白、痩身《そうしん》を目標に定めた食事であるから、どうしても素材そのまま、とかで、ゆで蒸《む》し系の調理。和食がよし、とされている現在ではツイ、「玄米とごま、ひじきやわかめ、納豆」というメニューを思い浮かべてしまいます。

いや、私これはこれで大スキなラインなのですが、なんというか明るさがない。**全体的に茶色っぽい感じ**[※4]。あと食べてると、身も心も浄化《じょうか》されていくのはいいけど下手すると「地味な感じの健康美人」になりそうで恐い（あくまでもイメージですが……）。

では「美しい食事」とは何か？　単純にビジュアルが美しい食事。その食べ物自体美しいのも重要ですが、**食器**[※5]、シチュエーション、どれをとっても美しい。さらに、食後の胃の感じまで美しいってどうでしょう。なんかダイエットを忘れてもやせてしまいそうな（希望）のが美しい食事。

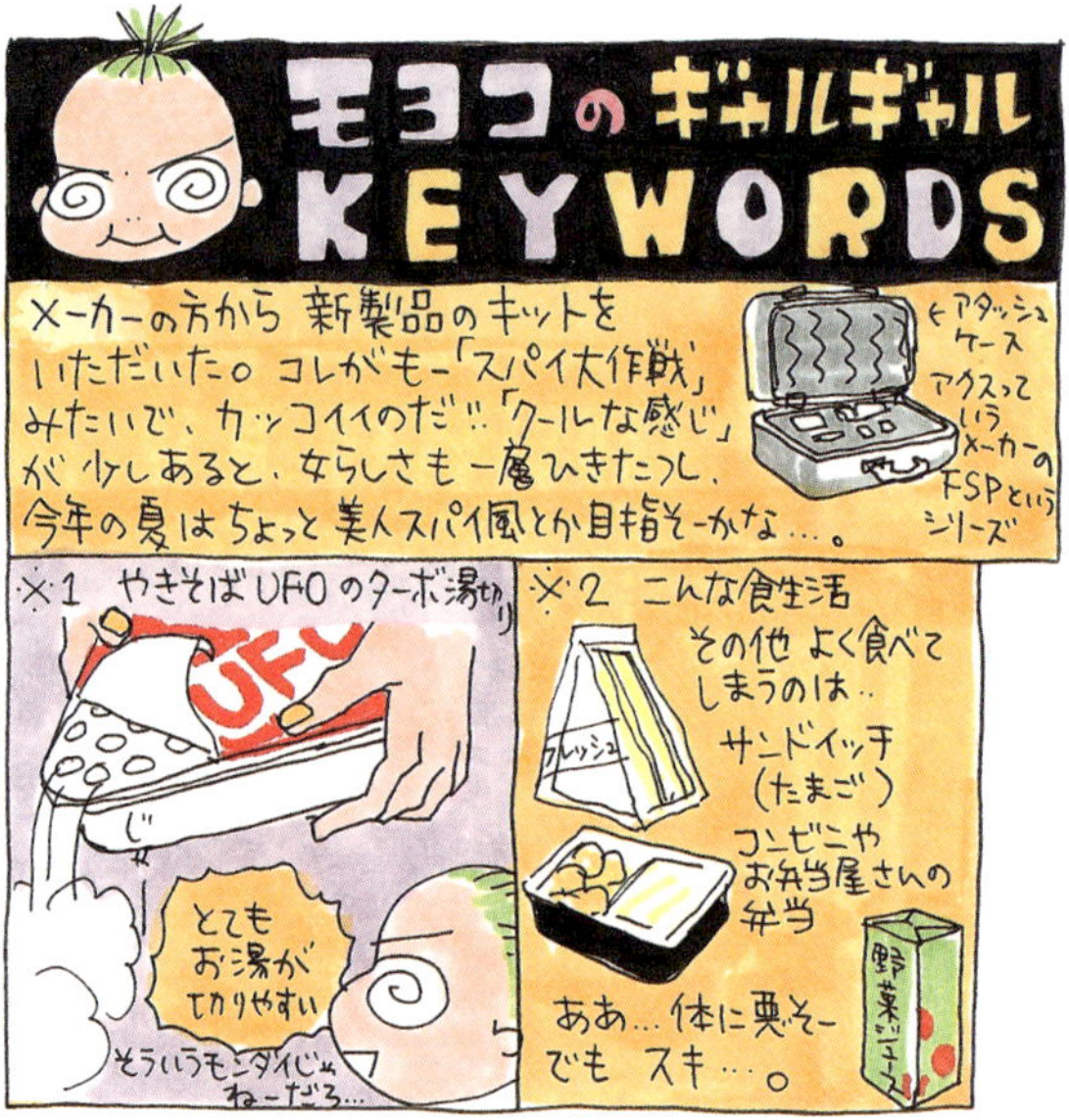
モヨコのギャルギャルKEYWORDS
メーカーの方から 新製品のキットをいただいた。コレがもー「スパイ大作戦」みたいで、カッコイイのだ!!「クールな感じ」が少しあると、女らしさも一層ひきたつし、今年の夏はちょっと美人スパイ風とか目指そーかな…。
←アタッシュケース アクスっていうメーカーのFSPというシリーズ
※1 やきそばUFOのターボ湯切り
とてもお湯が切りやすい
そういうモンダイじゃねーだろ…
※2 こんな食生活
その他 よく食べてしまうのは..
サンドイッチ(たまご)
コンビニやお弁当屋さんの弁当
ああ…体に悪そー でも スキ…。
野菜ジュース

じゃあ、具体的には何だというの!! ……いくらこう言ったところで料理研究家でもないし、時間もないので、一から材料をそろえたりミキサー買ったりできません。カンタンに美しく! これが基本。

あたしとしては、超基本として

「食器に必ず移し替える」ことにしています。キャーぶたないで!! そんなの当たり前だろーと言うみなさん。確かに人がいればそれぐらいやりますが、一人のときは? コンビニの入れものごと食卓に載《の》せたりしてませんか? ウチの仕事場なんて修羅場《しゅらば》中だと女子六人にも拘《かかわ》らず、買ってきたまま食べたりするときもあります。

※3 野菜生活…もいいけれど
最近、近所の生ジュース屋さんで生ジュースを飲むことにした。毎日1杯
Aコース
にんじん
りんご
おいしい♡
Bコース
小松菜
セロリなど
いろいろ入って
ゴマも入って…こわい色
Cコース
青汁
ケール…
まずい…
やっぱ
明治通りの
京セラビルの地下
に、あるよ〜

　でも、その一回のちょっとした手間が食卓を豊かに……ひいては美人につな

※4 美しくなるための食事は茶色になりがち
玄米
みそ汁
茶色すぎ
ませんか?!
海草サラダ
大豆と
ひじき
今回の
このページも

がるのではないか、と私はニラむのであります。

食器も濃《こ》い色とうすい色の大きめのお皿を用意しておけば、メニューによって使い分けるワンディッシュプレートになるし、仕事で忙しくても、食事時のテーブルが華《はな》やかで美しいと元気になるもんです。

で、かんじんの中身ですが、色どりを大切にしたいですね。プチトマトとかもカワイーんだけど、あたしは、**ピーマンのデカいやつ**[※6]（あ、料理に関して完全な無知であることがバレましたね）……パプリカって言うの？　赤とかオレンジとか黄色の。あれをよく使います。生でもシャクシャクして甘くておいしい。サラダにのせてもキレイだし、こまかくきざんでピラフとかにかけたり。ただスティック状に切ってマヨネーズとかブリヤ・サヴァランとかのやわらかいチーズをそえたり。すっげー簡単だけど（だって切るだけだから）華やかでパーティにも映えるし、野菜なのでローカロリー。

あと、**クスクス**[※7]もよく食べます。アフリカの主食（またおおざっぱな知識でスマン）。あれも超カンタン。フライパンにクスクスを入れて、お湯入れて、蒸して、バター入れて少しいためるだけ。四～五分でできるし、パスタをゆでるのすらめんどくさいときに大活躍。

パセリと塩とチーズだけとかでもおいしいし。色が明るい黄色なのでコレもグリーンのお皿なんかに盛ると美しい。ただけっこう重いので、たくさん作りすぎると食べ終わったとき美しくない。↓太る。

食材は、素材のままでおいしいものと色のキレイなものを、カンタン調理で、所要時間十分くらいで用意して（早いことも美しい）、余裕の時間でワインでも一杯飲むと、さらにいい感じ。テレビ観《み》ながら、なんていうのはもう卒業したいものです。だって何食べたか忘れちゃうんですもの。

美しい食事って「集中して」るのも大事だと思うんだけど。**簡単**[※8]**で色がキレイで体によく、**楽しい食事をしていれば、きっと美人になれることでしょう（と、ひとごとのように終わる……）。

※5 食器
よく使うのは
イタリアの素朴なかんじのお皿
中はオフホワイトで
外がグリーンで
カワイイ♡
下北沢で買った
プラスチックの
お皿もいろんな
色があって便利
ベトナムの食堂みたい
※6 ピーマンのでかいやつ
これを
スライス
して
こーゆう
カタチに
する
マヨ
カギ状のを外に
出してグラスに
入れると花のよう。
赤と黄色でやると
すごーくカワイイ!!
※7 クスクス
大きいスーパーの輸入食材コーナーで
木のボウルに入れて
パーティーとかでとりわけて
食べたり。
タイカレーのレトルトを
かけるとすごくおいしい♡
太るけど…。
※8 簡単で色がキレイで…
目にも美しいってことは
体にもゼッタイに良いはず!!
あ、でも保存料とか
着色で美しいのは
ダメだよね。
うまそう…

もう間違いなく必要である!!　と声を大にして言いたい。つーかみなさんもそう思っていることでしょう。

なに？　思ってない人もいる!?　へんだなあ。美人の友達見てると気分いいじゃん。以上!!　もーあたし早く横になりたいんだよねー。熱あるし。

いやー、だってホラ具合悪いときも美人な友達とかお見舞いにくる！　ってなったらこんなボロボロの姿はさらせない！　とゆーか**同**[※4]**じ空間に並んで存在する**のはたえられないので、ちょっとむしタオルで顔色よくして保湿して髪もとかして……とかやってるウチに～ら不思議、なんだか気分もしゃんとして元気になったりしませんか？　これだけでも美人の友達の効能がご理解いただけたかと思います。

なんかキレーな子への感情って三パターンぐらいあると思うんですけど、ひとつは「負けたくない……いや負けてるにしても、競わ

ねば」とゆう**対抗意識**※5で、これは自分ももっとがんばってキレーになってゆくのでよいものとしましょう。刺激されることによって、自分一人ではたどりつけなかったところにまでたどりつけちゃったりします。

もー一コは完全に「えーもん見せてもらいましたー」系の**美人パワー吸収派**※6。「あの人は本当にキレイ」と褒《ほ》めたたえ、そんな美しいものを見れたことに感謝。

その感謝の気持ちと幸せ感で自分までもキレイになってしまうのでこれもよし。まったく問題なし。

むしろ本当の美人には、このパターンが多い気がする。こうして美人は増殖していくのだ。

さて、残る一パターンが問題なのですが、最初の二パターンそれぞれ単独型の人もいるでしょうが、残る一パターンとの混合型も多いハズ。それはやっぱり「美人ですね!! いいですね!! ああどうせ私は並よ!!（それ以下の場合もあり）何やったってもうどうせかなわない!! いくら美白に何万かけてもむだ!! いくらディミニッシュぬっても元が……!!」

そう。美人へのシットから自分自身にやる気をなくしてしまう場合です。これが危険だ。私もよくこの状態に落ち入ります。そんで一ヵ月くらい何もかまわずにいると（いや……べつに美人へのシットだけが原因ではなく、やる気ないだけのときもままありますが）

ますます事態は悪化するばかり!!

この**一**[※7]**ヵ月エクササイズを毎日やってれば？** 安い化粧水だって毎日たっぷりパッティングしてれば？ 一ヵ月やってりゃ十分違うハズ。ダイエットだってとにかく継続。なのにこーゆうやる気のなさばかり継続してどーすんだ。**美**[※8]**人の友達とのつき合い**は、シット心を殺してその「美」の部分のみをいかに上手に吸収するか!! にかかっているのだ。恐ろしーことだが……。

そうして彼女の美人パワーを吸収して、美しくなったあなたに、もし、彼女がシットでもしようものなら簡単に

※4 同じ空間に.. 病気のみじめさが余計つのるばかり…。
「お見舞には控え目ファッションで」とゆうのは必ず守りたいルールかも。

大丈夫ー?!

はなやかだぜ
は…

こんな買物ばっかして遊び歩いててかぜひいた上に原稿おとしそーになって担当の小林さんは一体どんな気持ちでいるんでしょうか。

いつか殺す!!

エヘヘ

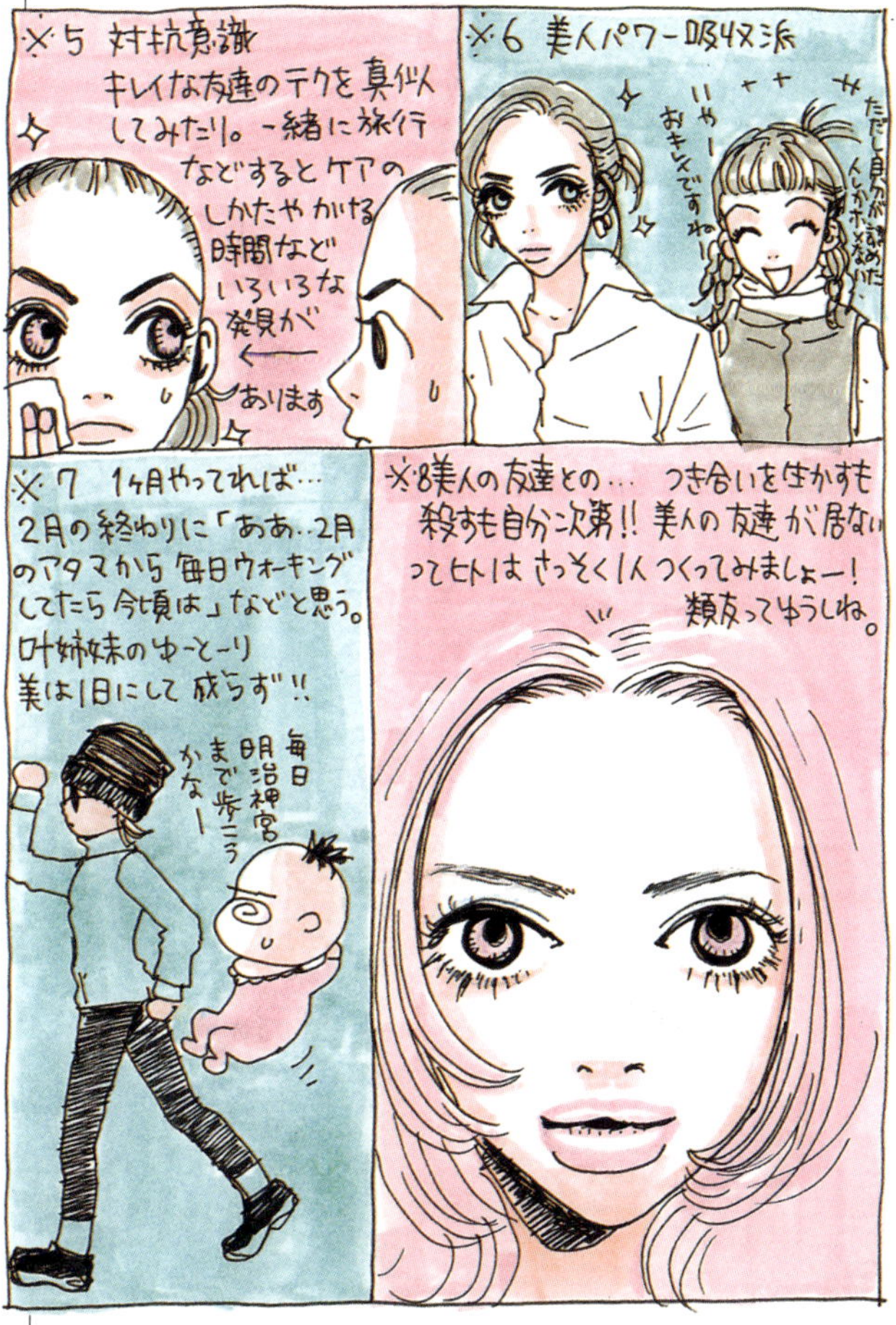
※5 対抗意識
キレイな友達のテクを真似してみたり。一緒に旅行などするとケアのしかたやかける時間などいろいろな発見が
ありま す
※6 美人パワー吸収派
いやー おキレイですねー!
キャー
ただし自分が認めた人しかホメないだ…
※7 1ヶ月やってれば…
2月の終わりに「ああ…2月のアタマから毎日ウォーキングしてたら今頃は」などと思う。
叶姉妹のゆーとーり
美は1日にして成らず"!!
毎日明治神宮まで歩こうかなー
※8美人の友達との… つき合いを生かすも殺すも自分次第!! 美人の友達が居ないってヒトはさっそく1人つくってみましょー!
類友ってゆうしね。

立場は逆転してしまうかもしれませんよ。ケケケ……。なーんて今回はちょっと心の暗闇《くらやみ》に。うう……私はもう目の前が暗くなってきました。……美人の友達は……私を美しくしてくれるために存在するのであって……ブスにするためにいるのではない……ゲホゲホ。お若いの……よーくキモにめーじておきなされ。……ばた!!

理想は完璧。でも現実は……!?「美人画報」におけるモヨコ的美容計画ベストテン！

その一!!　もう何年も言い続けてるし、誰もが一度は、いや五回ぐらいは決意したであろうこと……。「**今年こそやせる!!**」[※1]……。「こそ」のあたりが何度もザセツしていることを匂わせていますが、二十世紀のうちに！（これがせっぱつまったカンジで私の心をあおるフレーズ）なんとか体重を十キロ落としたい。またイキナリ目標体重が遠すぎる設定。でも、目標は常に高く持つべきかなー……と。

そのためにもその二!!　**毎日三十分のウォーキング**[※2]。……でたよ……。これもまた何度となく決意してはザセツした目標。でもやっ

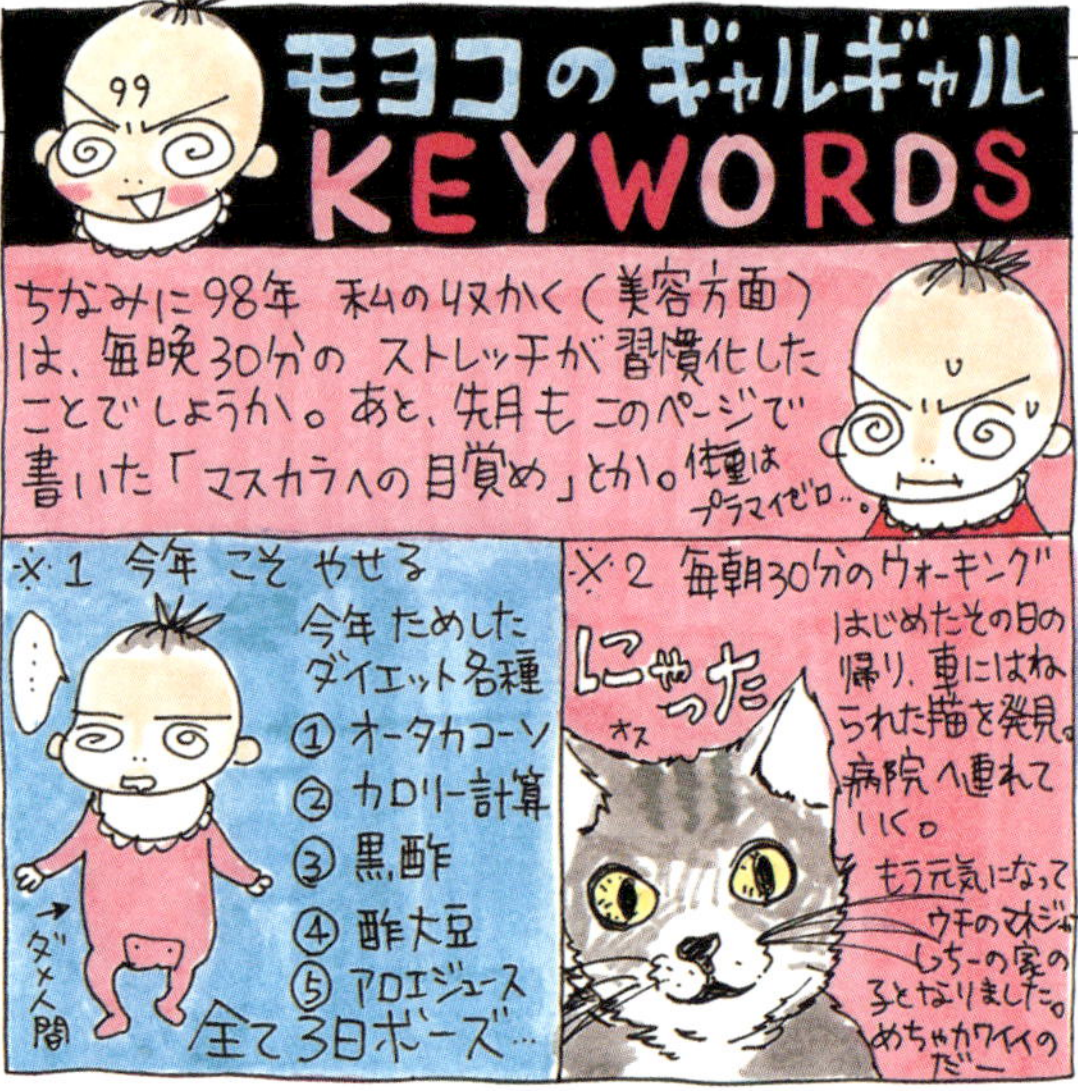

モヨコのギャルギャル
KEYWORDS
ちなみに98年 私の収かく(美容方面)は、毎晩30分のストレッチが習慣化したことでしょうか。あと、先月もこのページで書いた「マスカラへの目覚め」とか。
体重はプラマイゼロ…。
※1 今年こそやせる
今年ためしたダイエット各種
①オータカコーソ
②カロリー計算
③黒酢
④酢大豆
⑤アロエジュース
全て3日ボーズ…
→ダメ人間
※2 毎朝30分のウォーキング
にゃった
オス
はじめたその日の帰り、車にはねられた猫を発見。病院へ連れていく。
もう元気になってウチのマネジャーしちーの家の子となりました。めちゃカワイイのだー

ぱ運動不足をなんとかしたいし、コレで体重を落とすというよりか体の血行をよくしたい。↓やせる(かも)。

その三!! ドカ食いストップ[※3]! 鈴木その子なのか? やっぱ。よくわかりませんが、ストレスとかそーいったことなんでしょう。私のドカ食いは、つい昨日ぐらいに半年ぶりで再発したもよう。これを目標に入れるあたりが自分でも情けないです。

※3 ドカ食いストップ!
特にやめたい修羅場メニュー
ねぎトロ丼(ミニ)
カップヌードル
BIG
↑しかも…BIG…
でも大好物なの
この2つを5分で完食。
終わってる…。

で、ストレスをためない健康なココロを保つためにも……その四!! 毎日一コは何かを「美しい……」と思う。思いたい。なかなかねー。これって自然にできる人とそーでない人がいると思うのですが、やっぱ世界に美を見出す人は美しいと思いますよ。

でも心がけが大事!! さらにそれを実行するためにも……その五!! 時間をつくって美術館や展覧会に通う。植物園なんかもいい。……ってこれは言ってるそばからいかにもやんなそうだが、一応ここに書いておいて、あとで読み返したときに自分

※4「ハッ」とする
コトバづかい…
姿勢…
直ってない
美人画報

※5 ピンポンパン体操
「ガンバラナックチャ——♫」
ズンズンズンズン
ピンポンパンポン
私の中では「エンゼル体操」とならぶ2大体操
しんぺーちゃん
カータン

を「**ハッ**[※4]」**とさせたい**。「そういえば……私、心の余裕なくしてた……」みたいなカンジになればヨシと。

その六!!　……てゆーかさー。ここまで書いといて何ですけど、結局やせるのもキレイになるのも基本は「心」の問題だよね……。仕事しすぎてすさんだ「心」を抱えつつも、どこまで美に近づけるかの挑戦。ああ……しんどい。

そんなわけでその六は「がんばらない」。そして、人にも「がんばってね」と言わない。だってもうみんながんばってるし。あたしもこれ以上がんばってどーすんじゃ!!　つーぐらいがんばってるつもりなのですが、もうクセ？　何かにつけて「がんばろー！」「がんばらなくっちゃ!!」――子供のころ**ピンポンパン体操**[※5]をしすぎたせいでしょうか。もうクセになってんだよね。

もっと心に余裕を持って、**人にやさしく**[※6]したりとかさー。あ、これその七ね。やさしくした上で、**部屋もキレイ**[※7]とか(その八!!)。部屋キレイって大事。部屋汚いともう何もかも嫌《いや》だし自分も嫌になるし。部屋をキレーに保つにはよけいなものを買わないことが大切だ。

その九!! **買い物上手**[※8]になる。もう意味もなく変な服とか買わない。買い物上手ってことは、自分にとって何が必要で何が必要ないかがいつもわかってるってことだと思うんですけど。

まー賢《かしこ》くありたいと。ステキな女だねー。目標的には。毎朝三十分ウォーキングして、ドカ食いせず、毎日一コは何かを美しいと思い、ヒマを見つけては美術館に行き、あまりがんばりすぎず人にやさしく部屋もキレイな買い物上手!! あーステキ。もういいや（なげやり）。

目標のみは理想的な私。だが、この目標はもう十年ぐらい変わらずにいる気がする……。よし、十コ目の目標は、「かかげた目標は必ず実現できる人になる」で、どうだ!! これですべての願いはＯＫ！

（願い事じゃないっつーの）二十一世紀には「理想の女性」像に近づいていますかねー？？

「手のひらから……ああ……なんかポワ〜」やせる気功実況中継

さて。洋服についてごちゃごちゃ言う私ですが、今反省しています。だって……だってこの前ウチの近所の**超**[※2]**カワイイセレクトショップ**で見つけた「**ミニマム**[※1]」のミニスカ。試着したら入らなかったんだもん!!　ごめん!!　あーあショックだった。でも思った……。服をどーこー言う前に体なんとかしろ……と。

やっぱ、すんごいカワイイ服着ても体カッコ悪いといけません。ちょっと太めでもカワ

モヨコのギャルギャル
KEY WORDS
「反省」と言えばこの「美人画報」フータイトルね…。反省なんかするもんか!!
ウワーッ(発狂)いや..わかってます。
自分のことぐらい。でもいいの!! 希望だから。
ブスだからこそ「美人画報」!! 目標!!
ワハハ

イイ体の人はそれなりに、きまって見えるんだよねー。でも……私は、**「だらしな」系**[※3]なの!! デブ!! と言われるほどじゃないけど、やせてもなく、たるんでるとこたるんでて、しまるところもたるんでる。生き方が、そのまま体に反映しているようで、おはずかしい限りでやんす。

超運動不足の生活[※4]と、ストレスによるドカ食いを一挙に解消したいよ〜と、いつものように頭を悩ましていた。

そこで、偶然(ホントに買い物してて見つけた)出会ったのが「やせる気功」。青山五丁目交差点にたたずんでいたとき手にした一枚の案内書が、私の生活を変えたのだった。

気功とは……?

はっきり言って最初はねー。なんつーか……「ホントかよ」とゆう気持ちでいっぱいでした。だって鍼《はり》とか指圧みたく実体のあるものじゃないから。**手のひらのツボから「気」を出して**[※6]……とか言われても何が出とるっちゅうんじゃあ〜……いや待てよ……なんかポワーッとする……。

あお向けにねている私の上で先生[※5]が手を動かしてるだけで（直接さわらないのよモチロン）体中の血行がポワーッとよくなってくっつーか、細胞が活性化するっつーか、とにかくすんごいキモチいいのだ。……それだけ。後は何もしません。とにかくいいキモチ。そんでもって帰りには超ゲンキになっちゃうの。

おかげで締め切りには間に合うし、まったくもって私は気功のトリコとなったのでした。

しかし、いきなりそれでやせるかっつーと世の中そんなに甘いわけがなく、「気功」をはじめて一〜二ヵ月は、特に何の変化もありませんでした。

それ以前に体は、疲れはてて何もやる気がしない状態だったから、先生に気を入れてもらってはそれ使って一本描いて……みたいなこ

※1 ミニマム
「解放区」とか「アクアガール」で売ってる。
超カワイイお洋服なのら〜〜〜。
下の写真ではいてるのもミニマムのスカートよ♡
去年買った和風プリントのブラウス

※2 超カワイイセレクトショップ
BO JUNGLES
ウチの近所にあるんだけどカワイイので誰にも教えてません!
ラン
ラン
ラン

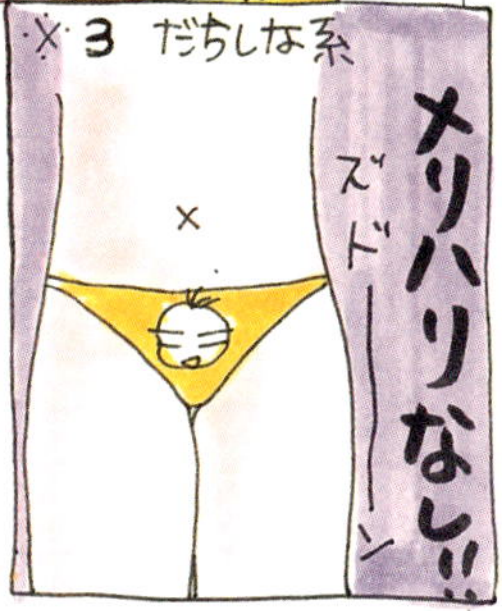
※3 だらしな系
ズドーーン
メリハリなし!!

とになっていたのだ。今考えると、気功行ってなかったら倒れてたかも……。

でも徐々に体力が戻ってきたので、今度は**自分**[※7]**で「気」を出すレッスン**に通いはじめたのです（以前の私とゆーのは、コレに通うこともままならないホド弱りきっていたんです。コレが）。

で、通ってみると一時間強のレッスン中に、四十分くらいストレ[※8]ッチをやって、あとは気功とゆうメニューで、運動をまったくしてない私にはキツいけど、体やわらかい人ならけっこうキモチいい程度の運動量。

で、一ヵ月くらいレッスンを続けたトコロがなんと!! 四キロもやせてしまったのです!!

キャー。びっくり!! ま……もとが太かったので、ちょっと生活かえればあるてーどは落ちるのかもしれませんが、前に同じ体重だったときよりひきしまってる感じ。たぶん血行がよくなってむくみがへったからだと思うんで

※4 超運動不足の生活
1日40歩。あとは食事・仕事・食事・仕事…食事…
それも大量
ある日のメニュー
うどん
たまごやき
肉
温やさい
サラダ
プラスおやつ

※5 気功の先生（この似顔絵は似てません）
江橋センセイ
年令不詳すぎ。
インドにて修業もつんでいらっしゃいます。
めちゃくちゃきたえてることは確かだ…
だってすごいやわらかいもの!!

すけど……。

それに今回思ったのは、「気功でやせる」っていうのは、「やせる気力」と、体のバランスをとりもどすことなんだなというコト。食事も制限してたし。前は食事制限できなかった……。一食でも制限するとその後すんごい食ってた。それって精神的にブレーキきかないってことだったんだよな。気力がないから、仕事するときはいつもの倍食べないと動けないって思ってたし。

でも気功をはじめてからは気力があるので、おナカへってても働けるし、食べてもセーブできるのら。

ま、結局やせるってゆうのは食事と運動って言われますが、その通りだなーと思います。まだまだ目標体重には遠いけど、地道にがんばるぞ!! [※9]**太極拳も始めたし**!!

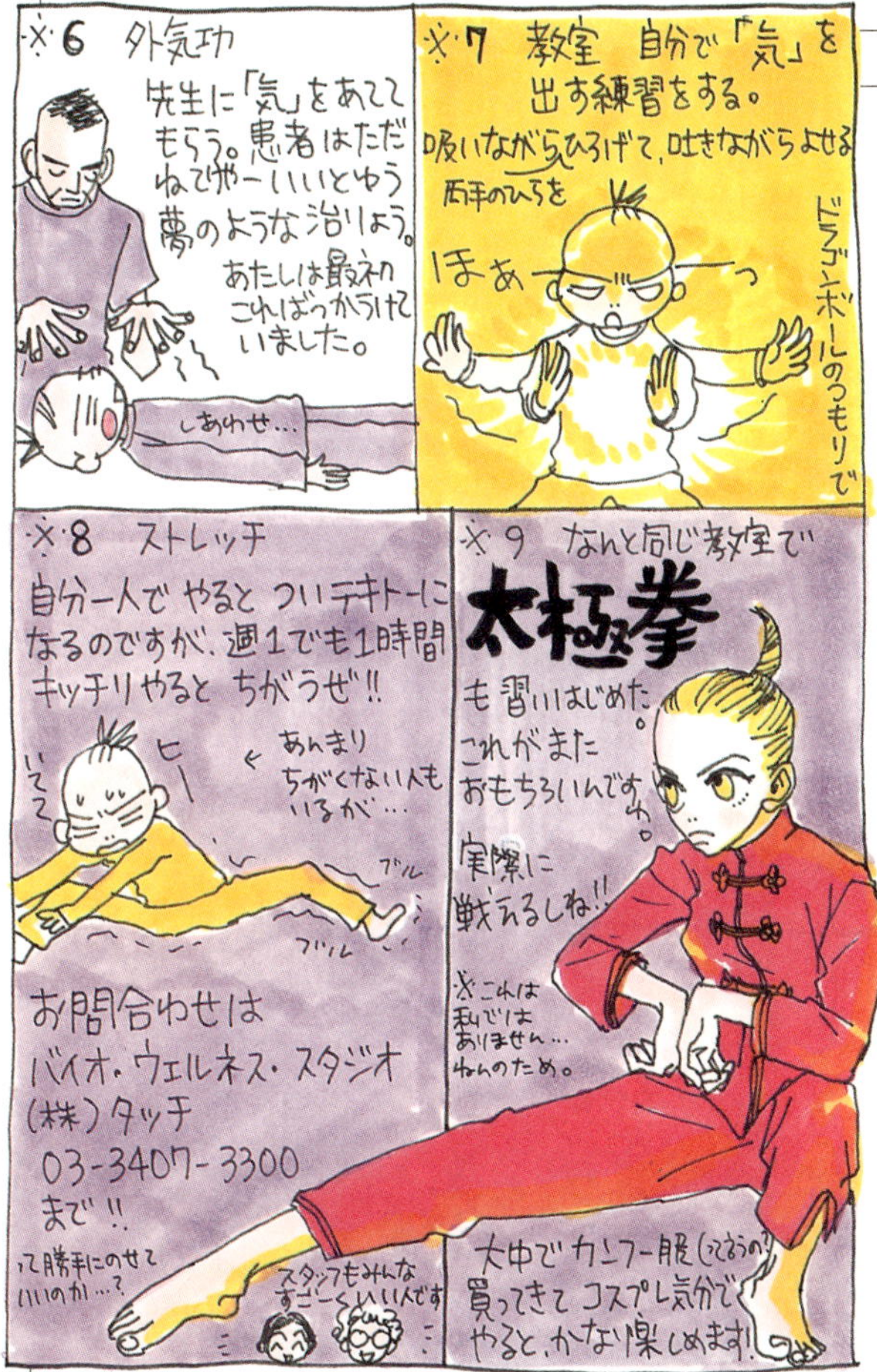

※6 外気功
先生に「気」をあててもらう。患者はただねてボーーいいとゆう夢のような治りょう。
あたしは最初こればっかうけていました。
しあわせ…
※7 教室 自分で「気」を出す練習をする。
吸いながらひろげて、吐きながらよせる
両手のひらを
ほあーーっ
ドラゴンボールのつもりで
※8 ストレッチ
自分一人でやるとついテキトーになるのですが、週1でも1時間キッチリやると ちがうぜ!!
いててて
ヒー
← あんまりちがくない人もいるが…
ブル
ブル
お問合わせは
バイオ・ウェルネス・スタジオ
(株)タッチ
03-3407-3300
まで!!
って勝手にのせていいのか…?
スタッフもみんなすごーくいい人です
※9 なんと同じ教室で
太極拳
も習いはじめた。
これがまたおもちろいんですわ。
実際に戦えるしね!!
※これは私ではありません…念のため。
大中でカンフー服(ってゆうの?)買ってきてコスプレ気分でやると、かなり楽しめます!

ついに鈴木その子式か？ダイエット乱用人生への華麗なるプロローグ

まあ、ずーっと言ってるんスけどね。何が？　ダイエットに決まってんだよ!!　いきなりやさぐれているあたりで、結局不動なことを物語ってますね。体重。

いままで試したダイエットについてはこれまでも少しふれさせていただきましたが、もう少しくわしく、との御意見。もう一度ふり返ってみましょう。……何やったか覚えてません。

覚えているのは……「**大高酵素**《おおたかこうそ》」[※1]!!　コレはね、薬局で売ってるんだけど、栄養価の高い酵素の液体を毎日飲んで、あとはヨーグルトと野菜ジュースと、水だけで一週間。とゆうけっこうハードなもの。

でも四キロぐらい落ちるんだコレが。肌もツルピカだし、肩こりもおどろくくらいなくなって最高!! と言いたいところですが、ただひとつ我慢《がまん》ならなかったのは、おなかすいちゃって。

あたしはごはん大すきだし。空腹に弱い人はやらないほうがよいです。その後食べまくったりしてしまい、私の場合、一ヵ月ほどで元に戻ってしまいました。

ウォーキングも少し続けたけど、毎日はできないなー……なんて思ってるウチにいつのまにか終わってました。

酢大豆[※2]は、けっこう好きな味でマジメに食べてたんだけど、海外旅行とか行って忘れてたらカビ生えちゃって……買い直すほどでもないかと……。

黒酢[※3]は毎日おちょこ一杯飲むだけで、甘ずっぱいし、おいしいので一本飲み干しましたが、二本目位から「効果あんのか?」との疑惑にかられ始めて、海外旅行に行って(以下略)。

……ここまで書いてみてわかったのですが、私は根性ナシなんですね。全部フェイドアウトしとるやないか!! ま、これ以前の何年間も、ほぼ同一の結果。継続は力なり、と。

やっぱ毎日「美しくなろう!!」という意識のもとに生活していくことが続けるコツなのでは、と思う今日このごろ。

ここらへんをふまえて、

これからはまったく違うアプローチでダイエットをしようというわ

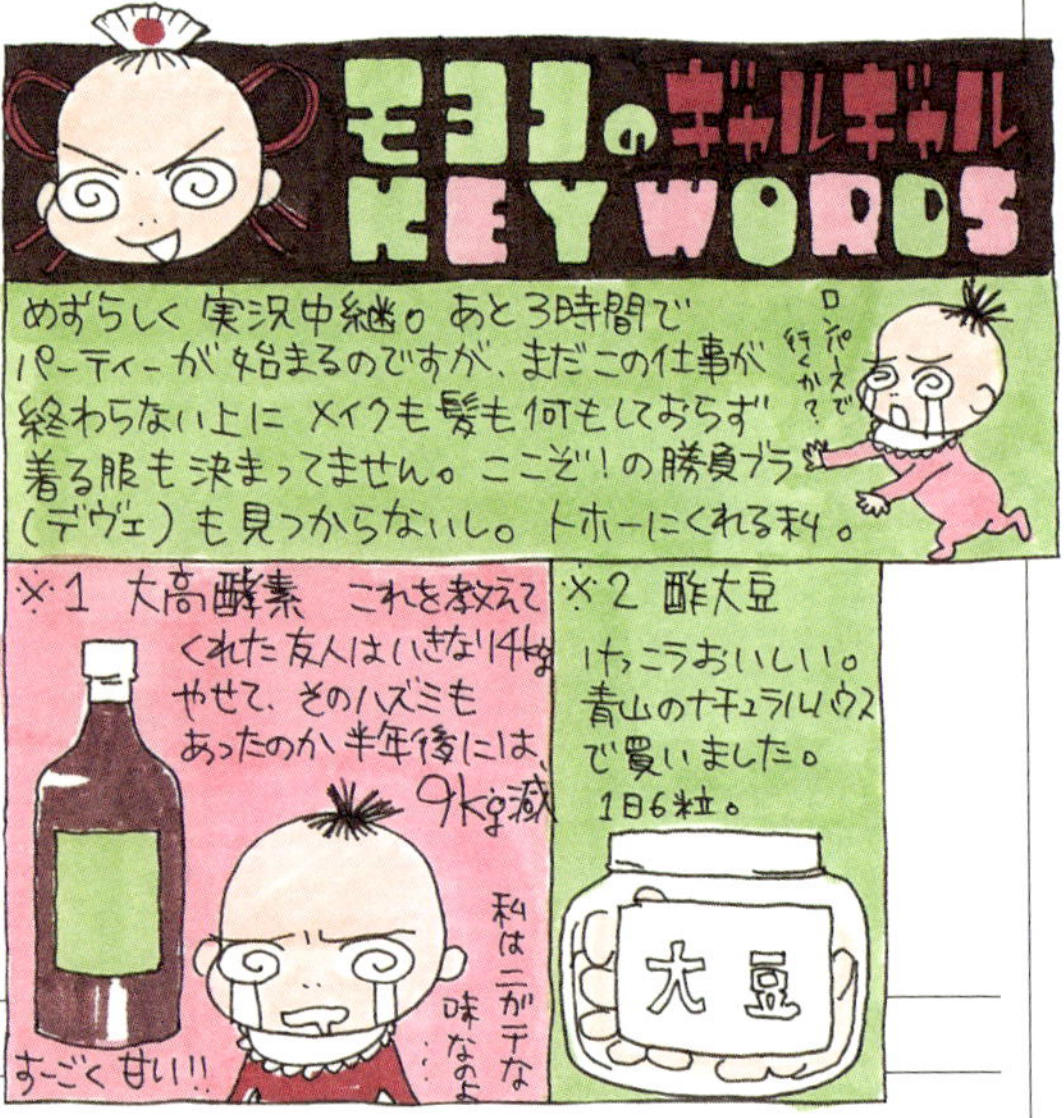
モヨコのギャルギャル
KEY WORDS
めずらしく実況中継。あと3時間でパーティーが始まるのですが、まだこの仕事が終わらない上にメイクも髪も何もしておらず着る服も決まってません。ここぞ!の勝負ブラ(デヴェ)も見つからないし。トホーにくれる私。
ロンパースで行くか?
※1 大高酵素 これを教えてくれた友人はいきなり14kgやせて、そのハズミもあったのか半年後には、9kg減
私はニガテな味なのよ…
すーごく甘い!!
※2 酢大豆
けっこうおいしい。青山のナチュラルハウスで買いました。1日6粒。
大豆

けです。で、絶対に毎日続けることを前提に私がチャレンジしようと思っているダイエット。それは「※4思考ダイエット」という方法。なんて言うと確固《かっこ》たるモノを感じますが、単なる思いつきです。私の。

※3 黒酢 いろんなメーカーで
出ているらしいが。
毎朝おちょこ1杯!
とかわいい
おちょこを
専用に買って
楽しみにしてた。
これはおいしかった
ので また飲もう。
ダイエット食って
味がおいしいのは
重要だよねー。

結局いままでのダイエットで思ったのは、「やせたい」と思う気持ちが持続してない、ということだった。いや、一年

※4 「思考ダイエット」
前に「思っただけで顔を
変える方法」があると
どっかで聞いて。
確かに ビジョンをもつの
は 大切だよな!!
だからって
それ…たんなる
思いつき。
書くなよ…。

通して思ってはいるんだけど、**仕事がハードに**※5なってくれれば「そんなコト言ってられっか!! カツ丼じゃないとチカラ出ねえんだ!!」と、ごっつい食生活になり、**旅行に行けば**※6「ここでしか、今これは食べられないのよ!!」と名物を食べまくる。「やせたい」と思う気持ちはそのつど断《た》ち切られるわけです。

で、三キロ分くらい貯《たくわ》えたところでかえってダイエット。少し成功したところで締め切りが来る。その繰り返し。「カゼをひきそう」「人づき合いが続いて」なども原因にはなってくるし。何か非常時めいたことになると、まず忘れるのが「ダイエット」というものだった。まー二次的なものだしね。もともと。だから当然と言えば当然なのです。

そこで前述の「思考ダイエット」に戻るのですが、とにかく毎日必ず一回は自分に言い聞かせる。言っちゃえば暗示かもしれないけど、毎日ってけっこうたいへんじゃないでしょうか? でも思うだけなら毎日続けられるかも。というかそれがいちばん重要なのでは？だからそこに集中することで、現実面での成功をねらうとゆう寸法。

毎日「美しくやせたい」と考える図、ってのもけっこう必死なカンジ出てますけどね。

これでダメならもう私次のテ考えてあるんだーい。それは、ただ今再ブレイク中の「**鈴[※7]木その子式トキノのダイエット**」。ムフ？やっぱやせたい人は食べなさい、とか言われちゃうと勝ち目ないっていうか、その子と勝負してどうする!!っていうか。ついでにメイクも変わったりして。

そんなときのために、今からアシちゃんとか友人に「私が**と[※8]り返しがつかなくなる前に**、連れもどしてください」と、頼んであるしね。ま、でもすべり止めを考えるよりも目前のテーマを実行するしかないでしょう、このさい。なんか今回はそこはかとなく全体的にマジメムードでしたね。
それだけ真剣!! ってコトなんです。ホントに。

女の夏は熱く切ない戦場!!
憧れのシマロン26をはきこなせ!

毎年夏前ってまずやることが多くて目がまわる忙しさ。「やせよう」から始まって、UVケア、脚《あし》を出すことも増えるので手足のケア（脱毛ふくむ）、つま先も冬とちがって常にペディキュアが必要だし、あーもーたいへん!!

ウチの仕事場では五月アタマから「**南南東**[※1]美女クラブ主催シマロン26」というタイトルでダイエット大会が白熱しています。

みんなでやせて**シマロン**[※2]**の26インチ**をはけ

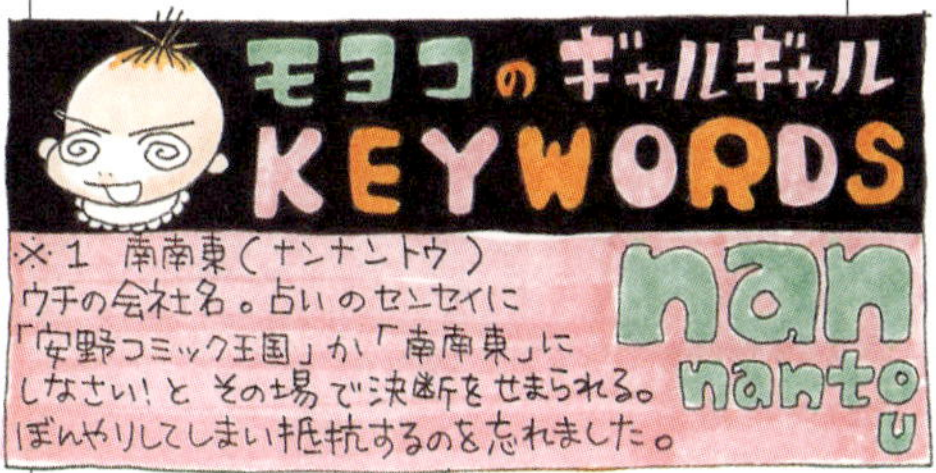
モヨコのギャルギャル
KEYWORDS
※1 南南東（ナンナントウ）
ウチの会社名。占いのセンセイに「安野コミック王国」か「南南東」にしなさい! と その場で決断をせまられる。ぼんやりしてしまい抵抗するのを忘れました。
nan
nantou

るよーになろう!!　という主旨《しゅし》のもと、折れ線グラフを締め切り前の仕事中に、編集さんの目を盗んで作成し、各自の体重をハッキリと明記。目標体重をグラフの最終日に書き込んでお互いゴマ化しがきかない状態です。

もちろん体重計も置いてあるので、毎日一回計って書き込んでいく。もう誰が何キロかみんな知っているので、大っぴらに「○キロになったー！」とか数字で話し合っているのです。

職場全体でやると食事もみんなでヘルシーメニューになるし、夜食にごっついものを食べたくなったときもお互いに「いや、がんばろうよ！　豆※3にしとこうよ!!」と、はげまし合えてかなり結果が出ている様子。私も開始時からマイナス二キロでキープしています。いや、目標まではあと四キロなんだけど。

しかし、ここに来てハタ！　と気付いたのは、体重が落ちても元の体型のままひとまわり細くなってるだけで、スタイルがよくなってるワケではまったくないという、当たり前だが目の前の鏡をたたき割りたくなる容赦《ようしゃ》ない現実。やせりゃーいいってもんじゃないんだよね。

私の場合、肉は胴から落ちていくから、おなかまわりはスッキリするんだけど、手足が太い!! 見えるトコロが太いという損な体型。もーがっかり。キツめのパンツもウエストはゆるくなったけど、ももとふくらはぎは相変わらずパンパン。

今までの私ならここで「ちくしょー変わんないなら食べてやるー」と暴食に暴走してるところですが、今回はシマロンをはく！という大目標があるためザセツ知らず。聞くもナミダ、語るもナミダの努力が始まったのです。ハンカチ用意(ここから)!!

まず家帰ったら、どんなに遅くても腹筋と腕立てを各二十。**ラク**[※4]**なやり方**のやつだから「イミねーよ二十回じゃ」とも言われたけど、やらないよりはマシなハズ。

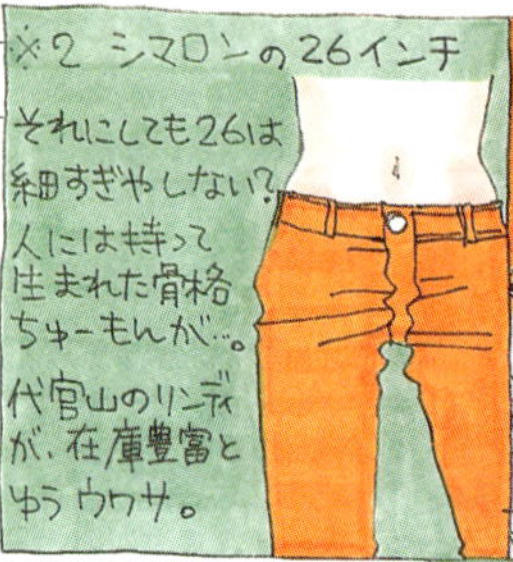
※2 シマロンの26インチ
それにしても26は細すぎやしない？
人には持って生まれた骨格ちゅーもんが…。
代官山のリンディが、在庫豊富とゆうウワサ。

※3 豆
麻布豆源の塩豆
おなかふくれるしおやつに最適
バリバリ
塩豆

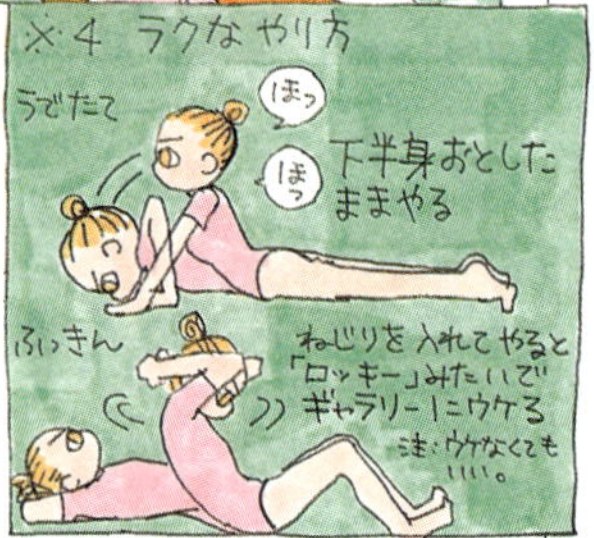
※4 ラクなやり方
うでたて
ほっ
ほっ
下半身おとしたままやる
ふっきん
ねじりを入れてやると「ロッキー」みたいでギャラリーにウケる
注：ウケなくてもいい。

そのあとおフロで手足のマッサージをしてほぐす。出たら以前に書いた**超**[※5]**音波の機械**で両足十分ずつ脂肪もやして、そのあとアレ！

ディ[※6]**オールのスリミングジェル**（〃スヴェルトじゃないやつ〃という呼び名が定着してしまいました）。手足にぬってパジャマを着たら**ス**[※7]**トレッチ**を小一時間やるの。それも脚のスジを伸ばすことに重点を置いたポーズをエンエンと。けっこう気持ちいいし、苦しいのやると続かないのは

※5 超音波の機械
ジェルぬって表面なでるだけで脂肪を分解するとゆー科学兵器

※6 ディオールのスリミングジェル
はっきり言ってコレは効く!!!
スヴェルトよりも効く!!と思う。
あたしはもう2本目入りました
BODY LIGHT
SERUM
ULTRA-M NCE
ULTRA-REFIN
SERUM
Christian

※7 ストレッチ　あたしがやっているうちの主なものは…
両手両足を上にむけて
ねころがり手足をブラブラ
ブラ
ブラ
気功の教室で習った
血行がよくなる
ココ
アタマつけてブリッジ
ももの前のスジを伸ばしまくる!!
足を根元からぐるぐるまわす。×20
リンパの流れを良くする
←あおむけ
目指すのは野生動物のような肉体
※8 ヘレナの美白ライン
HR
スペシャル
マット
トニック
超優秀ですね。
※9 ハイチオールC
これも効く!!
ハイチオール C
白くなった…
あと玄米ごはんも1日で
顔白くなるぞ。てゆうか
顔色よくなるってコトか?
Tシャツからのにのうでは細く
ここらへんに余裕が
やっぱ体カッコよくないと服がキマンないものね

経験ズミなので、気持ちいいと感じるのしかやらない。

　これを根性で続けてたら、ある日みんなに「安野さん脚細くなった(当社比)」と言われたのだー!! わーいわーい!! 一生このぶっとい脚でドカドカ歩くのかと……でも体型だから……とあきらめていたこの私の脚が!! ……もちろんまだ目標にはほど遠いけど、人間やればなんとかなるのよね? と思ったよ。

　私の場合「むくみ」が慢性化して手足が太くなったタイプだから、リンパの流れをよくすることにしぼったのが成功につながりました。座り仕事の人でむくみに悩んでる方は夜ストレッチをおススメする! しかしこれだけじゃないのだやることは。美白もある!! と西武で**ヘレナの美白ライン**[※8]を買い、もちろん**ハイチオールC**[※9]も飲む。

　めんどくさいので朝用夜用に化粧水とか美容液を替えて使うってことをしなかった私ですが、夏のテカリ問題、毛穴問題、乾燥問題と問題攻めにあって決意しました。朝はマットスペシャルにフォースC、夜は美白ライン、と使い分け、ナショナルのイオンスチーマー使いながらメイク落として、まゆ毛「今日の分」を抜いて顔ケア。うおー！　なんて忙しいんだ!!　目がまわりそう。そのうえで手足の脱毛もするとなると発狂しそうです。あ、体重と共におちたバストも何とかせねば。マニキュアもはげてきたし……そうよ!!　髪のパックもしなくっちゃ!!　きゃあ!!　……ホントに夏前のこの季節は忙しくてもはや寝るヒマもありません。

美容に熱中のあまり、スイミン不足で当然仕事は遅れ気味。そしてこのままではこの夏どこへも行けません。てゆーか一歩も出れません!!　NO!!

女の「涼み道」。日本の夏を極める魅惑のクールアドベンチャー!!

暑い。外を歩いている人の勇気に乾杯!! と飲んだアイスティーもぬるい。はっきり言って今日は「夏」を代表するような天気です。真っ青に晴れ上がった空。射《さ》すような太陽。仕事場から見える通りも、いつもなら買い物客でごった返しているのにさすがに人影まばら。それほど暑い、気温三二度はいってる(たぶん)午後一時。

私も先ほどから暑さのため錯乱《さくらん》気味《ぎみ》です。この原稿にとりかかろうとペンを持ったとたん一行目から「ラララむじんくん」と書いてしまって、自分でも何もかもが嫌《いや》

モヨコのギャルギャル
KEYWORDS
本当に日ざしの強い日は人の影、建物の影が黒いのです。もーまっくろ!! 今日の影の黒さはかなりの濃度。
ところで太ってる人が汗をかくというのはホントです!!

※1 クーラー消してるんだもん
クーラー
直撃
しかも机の下に冷気がたまる。
ぬけない。
※2 お風呂であたたまり
夏だからってシャワーにしない。
アユーラの入浴剤が、よくあったたまってスキ
うめぼしとお茶
※3 今スキなパジャマ ベスト3
① バーニーズで買ったグレーのミニネグリ
黒いスパッツを合わせてます
ふちどりがアイボリーでカワイイ
② パークハイアットの客室用ゆかた(ちゃんと買った)
色のくみ合わせがスキ。重宝しています。
[redacted]
③ どこで買ったか忘れたけどパンツが総レースというかアミになっていてきもちいいい

になりました。**だってクーラー消してるんだもん**[※1]。昨日まで、快適《かいてき》なクーラーライフを営《いとな》んでいたのですが、冷えすぎて頭と体をやられてしまい、とうとう寝込んでしまったのです!!

お風呂でゆっくりあたたまり[※2]、あたたかいお茶を飲んで、**長そでのパジャマ**[※3]を着せられたときはガマン大会かと思いましたが、それでコロッとだるさと頭痛、吐き気などが治りました。暑いのもイヤだけど冷えはコワイですね。

そんなわけで今日はクーラーを消して仕事に取り組む私。あ

※4 憧れナンバーワンのハンモック
こんな庭でさ… いーよねー… フー
夢

……暑。クーラーに頼らないで涼《すず》しい気分になる方法はないのか⁉

「心頭《しんとう》を滅却《めつきやく》すれば火もまた涼し」と言われたので、私の「夏のさわやかアイテム」※4**憧《あこが》れナンバーワンのハンモック**をイメージ。広い庭の中にある大きな大きな木の下。木陰に入るとびっくりするくらい空気がひんやりとしていて、下草は裸足《はだし》で踏むと気持ちがいいつめたさ。白いサンドレスを着て、ハンモックに横たわる私は、氷を入れたアイスピーチティーを飲んでいる。ミントの葉がグラスの中を漂《ただよ》う。読書にあきて、ふと目をあげると、心地よいサンタモニカの風が吹きぬけて……。

ってどこにいるんだよ‼　日本だ日本。そんな庭にハンモックなんか吊《つ》って寝てたら蚊《か》に刺されるっつーの。あと、たいてい庭木って塀《へい》のわきに植わってるから、吊ったはいいけどブロック塀で肩すりむいたりして。だいいち庭がないんですけど。と現実に立ち返ってよけい暑さが増すばかり。修行が足りませんね。

日本の住宅事情で許される「涼しい夏のすごし方」を考えなければ……。しかも暑くて「やる気」がふだんと比べて六割ダウンしていることを考えて、手軽にできること……。

仕事場でやっていることでは、「冷たい緑茶」を作り置き。お客様には出しがちですが、自分たち用にはなかなかやらない「**水出し緑茶**」[※5]。コレ、ガラスの器に入れるとかなり涼しげ。麦茶よりも見た目的にはかなりよいです（いや、麦茶も大スキなんですけど……茶色いし）。さらにうめ味のこんにゃく畑を冷凍していっしょにいただくとなおよし。

このときに「**今、涼しげな時間を味わっている私**」[※6]という自覚を持つのも大切。冷たいものばっかり飲んだり食べたりすると夏バテするしね。

あとは、これはまだ実行していませんが、インクが青いペンでものを書くというのはどうでしょうか。字を書く仕事の人限定だが。

※5 水出し緑茶
おいしいしね!
でかいピッチャーに水と、パックを入れるだけ!! カーンタン
冷ぞう庫に常備
※6 今すずしげな時間を…
ホッ
COOL
自覚して味わうとすずしさを100%堪能できます。

しかしそういう人はパソコンかワープロか。まんがは青で描くと印刷できないしなー(自《みずか》らボツ)。いや、視覚《しかく》って大切だと思うの。

あ、あと最近ウチの事務所は全員、九九年七月号の「VOCE」で奥村チヨさんがやっていた「**北原美顔術**」※7に夢中なので、そこで推奨《すいしょう》している「氷パッティング」を毎日しているのですが、コレは涼しい。熱が出たときに使う「氷のう」に氷を入れて顔に当てるのですが、おどろくほどキメが細かくなっていくのです。毛穴も徐々に小さくなるし、顔そのものは小さくひきしまるし、そのうえ、涼しくて言うことナシ!!

毎日最低一時間。ということで仕事中も片手に氷のうを持つ人まで現れる始末(原稿に水たらさないでくれよ!!)。でも、涼しい上に美肌も手に入れることができるのでおすすめです。ヒフ科に行ったアシさんによると、そこでもとにかく肌は冷やせと言われたらしい。

クーラーを止めて、氷で肌だけ冷やしつつ夏を乗り切れば秋には美肌が待っているかも!!

だからって通勤電車で顔を冷やしているアシTはやりすぎだ。みなさん、電車で顔を冷やしている女を見かけたらウチのスタッフかもしれません。

※7 北原美顔
南南東の新ブーム!!

「VOCE」の記事に触発されて夜明けにダッシュ。アシ全員が使用中。(もちろんワタシも)

タオル
「氷のう」ってすごく久しぶりに見たアイテム…。

基本的には石けん洗顔して、化粧水、昔ながらの練おしろいでメイク、氷パッティングってかんじなのですが値だんが安いのもミリョク的!!

トータルでそろえても¥12000-!!

毛穴が開いてこまってたのですが効果テキメン!

つめた～

緊急提言!! 男のお化粧ガイドライン法案は可決されるのか?

気付けばもう一年半もこの「美人画報」を書き続けているわけですが、連載当初のもくろみである「美人画報を書くことによって自《みずか》らも美しくなる!!」という野望がまったく達成されないのはなぜだ? まあいい。

最近ワタシは自分が「一生そういうことを言い続けている人」であるような気がうっすらしているのであった。常に「美人になりてーよー。けど素材がね。あと時間がね」とボヤいている人。っていうか、そんな自分がたぶんスキ……。ハッ、それって「**努力**[※1]**しているのになかなかキレイになれない人**」のポイントじゃん! ギャー。

法則：なかなかキレイになれない人は、自分で「キレイじゃない人」もしくは「普通の人」のポジションを選択している。

あかん!! 自分の精神から「美しくなれない人」の法則発見してどーすんじゃ!!

まあね、もって生まれた**容姿がズバ抜けて美しい人**[※2]っていうのは別として、残り九五パーセントの普通の人々は、努力次第で〝美人〟にも〝フツーの子〟にも〝ブス〟にもなると私は思うのです。やっぱ努力でしょ。努力。そしてここに来て今や、私たち女子よりも努力してんじゃないかと思われる人々について考察してみたいと思います。

それは「十代男子!!」私は今二十八歳なんで、高校生だったのはかれこれ十年前ですが、**十年前の男子**[※3]なんて「ムース」を頭につけてたくらいで、オシャレ命!! みたいな子はそんなにいなかったように思います。そりゃ、中にはいたけど、バンド系の男の子のパン

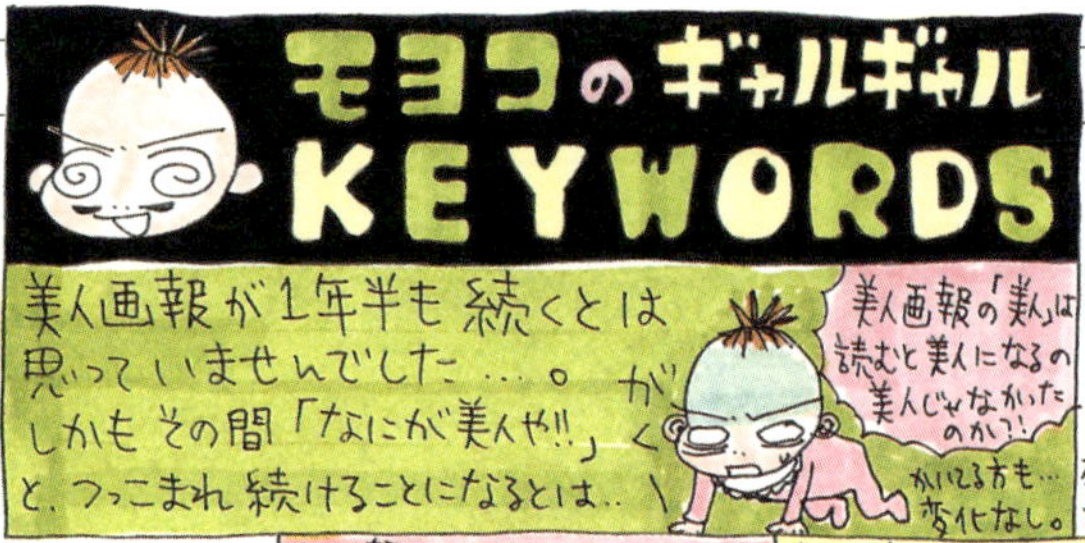
モヨコのギャルギャル
KEYWORDS
美人画報が1年半も続くとは思っていませんでした…。しかもその間「なにが美人や!!」と、つっこまれ続けることになるとは…！
がく
美人画報の「美」は読むと美人になるの美人じゃなかったのか?!
かいてる方も…変化なし。
スマン

※1 努力しているのに～
いまひとつアカぬけないのは太ってるからか? メイクが甘いのか?
いや、「顔に気合い」だ!!!
※2 容姿がズバ抜けて美しい人
もー芸能界に入るしか道が無い人達
松野大介さん(元ABブラザーズ)の「アイドル冴木洋子の生涯」おもしろかったです。
キレイすぎて孤独

クファッションくらいなもんだったと思います。

　ちなみに私の学校は東京都武蔵野市。派手な学校じゃなかったけど、まあ普通の共学です。間違ってもグッチのローファーはいたり、フェンディのマフラーする奴はいませんでした。

　ここ数年で、十代のファッション化ぶりが加速してるのは、みなさんも感

※3 10年前の男子…あんまり覚えてない
ムースもしくはヘアスプレー
スパンキー ダイエー スプレー もしくは砂糖水で…
アメカジってやつですか…
かりあげ
ポロえり立て

※4 もともと男子ってマニアックになる性質…。
デッドストックものにしても何の分野にしてもとことんやりきる性質の人タタい。
女子の場合「ハヤリ」で押さえる人がタタい
てゆうか最近みんな髭スキだしー
たとえばサバイバルゲームしてる人達とかってクツも「ベトナム時代のアメリカ軍モノ！」とかこまかく分類して覚えてたりする…。
その能力が美容に向けられたら…。
※5 青年誌の広告
「女のコにモテたいと思ったらヒゲは絶対NG!!」だって…。
☆そうなの？あたしヒゲすきだけど…。
今やヒゲ関係よりも脱毛ものの広告が大半を占める
※6 あぶら取り紙を、電車の中で使用している男子を見た。かっこわるっ!!
ださ。やば。
女でもたまにいるよな。
ちま
ちま
←高校生

じていることと思いますが、男子スゴいぜ。裏原とかでショップの限定モノを入手するため行列してるのはいつも男子。※4**もともと男子ってマニアックになる性質持ってる**から、こりだすと女の子より徹底するんでしょうね。そんな彼らがまゆ毛をそり出したのが二～三年前。今や男子のまゆカットは常識です。

　ところで私は今、青年誌でもお仕事をしているのですが、

青年誌の広告[※5]も最近脱毛とか美顔、毛穴ケアなどに関する商品が増えてきているのをみなさん、知っていましたか!? 昔はビガーパンツとか筋力トレーニングの機械、女にモテるキーホルダーと包茎《ほうけい》手術の広告ばかりだったのに……。

何年か前に男の脱毛が話題になったときは、世間の風潮《ふうちょう》は「NO」の雰囲気があったのに今やスッカリ「お父さんもどうですか?」的なとりあげられ方。テレビの街頭インタビューも、十代二十代女子の「男の子がキレイになるのってどう思う?」〇K派が八割位だったし。

ホントか? ホントにいいのか? と私は思ったよ。パックして、ちまちままゆ毛そってスネ毛を脱毛して、ファンデーションぬって、**あぶら取り紙で化粧直してる男。**[※6] **ホントにOKなんすか――!?**[※7]

〇K派の子たちは「キレーなほうがいい」という意見が多かったようですが、ちょっと待ってくれよ。確かにキレイなのは悪いことじゃないです。顔がフツウな男子二人でも、キレイなのと汚いのだったらそりゃキレイなのがいい。でも、その〝キレイ〟を手に入れるために彼らが家でやっているのは、私たちが日々やっていることと同じなのよ。それって……かっこ悪くないですか？

ほかに仕事とかやることあるだろういくらでも。趣味とか。勉強とか。うう。こんなふうに男に対して「こうあってほしい」と思うのはまちがってるのかなー？ おっさんが「今の若い娘は品も何もあったもんじゃない」って嘆《なげ》くのと同じなのかしら……。

キレイになるために、鏡の前で日夜パックだの何だのと、ちまちま努力するヨロコビって女の子の特権だと思ってたんだけど。しかもその成果あってか、最近の若い男子は、カワイイしキレーだしおしゃれなんだよね。

な、なんなのかしら。コレってもしかして、ジェラシーなのかしら。あたしが男子の小ギレイ化に対して異論をとなえ続けているのはもしかして、いつの日か女を越えて、やつらのほうが美しくなってしまうのを恐れているからかもしれない。ちょっとみなさん！ますます気が抜けませんことよ!!

あとがき

「美人画報」という連載は私にとって挑戦でありました。まずは苦手な文章……しかもエッセイ。常日頃から、「文章のプロじゃない人が気軽に書いたエッセイ」というものがイカんのではないか!? と思っていたのに自分が……。それも苦手としているもので原稿料などをいただいて良いのだろうか!! いや、まずいだろう！

でも、依頼してくれた担当の小林さんには、かつて他誌でカラーの4ページを落とすという大ポカを許してもらったという借りがあり、次に仕事きたらちょっと断れないという、自業自得の理由があったのです。

そしてまた、美人でも美しい生活をしてるわけでもない私が、「美人画報」というタイトルで美について語るということのテーマ自体も、よく考えてみればおそろしい。おそろしいことだらけの仕事を、あえてはじめたのも前述のような気弱な理由ただひとつ。にもかかわらず、毎回わりと書くことがあって、自分でも意外な発見もあったりして。仕事としては大変楽しいものになってきてしまいました。

だからと言って連載も二年近く続いた現在、私が美に近づいたかと言えば、それはまったくもってあまり変化が無いのです。

ま、どんな世界でも口うるさくイロイロ言ったり考察したり評論したりしてる人ってのは、得てして自ら行動してなかったりするものです。「美とは？」なんて考えないで日々努力、行動している人のみ、ぐんぐん上昇していくわけです。

だから本当に私が「美人」になろうと思うのであれば、ただちにこの連載をやめて、ひたすら「自分の美」のみ追求していく生活をするべきなんですね。しかし、ここが悲しいトコロで、考察して表現する方をどーしても選択しちゃう根っからのまんが家魂。これがあるかぎり、「美人画報」を書いてしまい、「美人画報」を書いている限りは本当の美にはたどり着けずというパラドックス。

このパラドックスの中からムックリと立ち上がるように生まれたこの本ですが、むしろ単純に楽しんでいただければそれが一番。おフロで半身浴でもしながら読んでもらえたら作者ミョーリにつきるというもんです。

最後に、連続徹夜で右足を左足で踏んで転んだりもしながら、遅い原稿をまって下さったＶＯＣＥ連載担当の小林さん、書籍化にあたっては、生活文化第三部部長丸木さん、編集の安武さん、ありがとうございました。あと、ロスでお世話になった猿渡さんにも沢山の感謝を。

そしてこの連載で美を追求していて出会った素晴らしい人達と読者のみなさんにも。美しくなって行きましょう!!

安野モヨコ

文庫版
書き下ろし

あとがき美人画報

「美人画報」の連載が始まったのは1998年で、もう6年も昔のことであります。

私はその頃27歳か28歳※1でしたが、自分でも若いとは思ってなかったものの年だとも思ってませんでした。何が言いたいかというと「若かった！」ということが言いたいのです。徹夜しても次の日出かけられた！ご飯もいっぱい食べてたし！

今となっては徹夜をすれば千鳥足、ご飯を食べりゃあ消化不良。まあ、年というより体

※2 ヒト成長ホルモン
HGHだっけ…？
この前3日で1時間しか寝ない殺人的〆切を終えたらイッキに白髪が何本も出た!!
ヒィィ——
飲むしかないか？
※3 77才の女医さん
とある旅行で知り合ったのですが、70代になってからアフリカ旅行にも行ったと言っておられました。
ボトムはデニムやコーデュロイ
あたしより若くないですか？
※4 ミニスカ借りて
こういう格好大好きー
でももう似合わないのよ…。なんか怖いかんじになっちゃうのよ。
ギャルは若いうちしかできないよやっぱ。

が弱ってるだけかもしれませんけどね。

でも、最近になってわりと真剣に若さとは……？　などと考えるようになりました。なっちゃいました。

かと言って**ヒト成長ホルモン**[※2]を飲んで本当に若返り、20代前半のおじょうさんがするような格好をした30代の人、という珍奇なものになりたいわけじゃ無い。

やっぱね、年相応でありつつ若いというのが素敵なのではないでしょうか。

最近出会った素敵な人は**77歳の**[※3]**女医さん**。驚異的な若さ（外見も内面も）なのですが、よくいる

「年よりの冷や水」的な、いわゆる若造りとは違う上品さと凛とした美しさがその人にはありました。

それで何故そこらへんの「珍奇なもの成長形」と違うのか考えたんだけど、若い人には2種類あることを発見した。

ひとつは、年齢を無視している人。成長しないことで若い人。ただ幼いだけで、このタイプが40代なのに娘の**ミニスカ借りて**[*4]ブーツはいてエクステつけて怖いかんじの若造りしたり、行動も10代の娘さんのように暴走して抑制がきかなかったりする。

そうしてもうひとつが、ちゃんと年齢を重ねて成長しているけれど心の柔軟性を失わず大切な部分は老化しない人。

こういう人は素敵だ!! そういう人に私もなりたい!! 遊ぶ時は子供らしく思い切り遊びながらも大人の精神で生きることができたら、きっとなれるんだろうね。

いや、なれるといいな。だってね、**着物**[*5]**でもビミョー**なものってあるじゃない。年配の人が選ぶ地味でぼんやりした着物って。それか娘さんが着るようなのになっちゃったりとか。でも、その人が着ると、きっとものすごくいい着物なんだろうけど、ナゼか若い女の子がお洒落で昔の着物着てるような雰囲気なんだよね。一回転しちゃってんのね。もう若いのか若造りなのか年よりなのか年より風な若い人なのかわかんなくなっちゃってんの。

77だよ⁈ ホントにすごい。

「美人画報」のはじめの頃は若かっただけあって目先のことしか考えていませんでした。

明日目がむくみませんように。2キロやせますように。あのバッグかわいいな。そんなもんですよ。そうして、周りの友達や道ゆく美しい人を見ては憧れたり、自分も頑張ろうと思ったり、明日もうすこし良くなってるといいなと思って生きてた気がする。

でも今は6年たっただけなのに少しは成長したのかはたまた老け

※5 着物でも ビミョー
年よりにありがちな キモノ ◀
一方 ▶ 髪型もあるのかなー。
「銀色に髪そめてる若い女の子」にも見える。

たのか、なんとなく変わったのです。

「どういう年よりになりたいのか」と考えるようになった。**綺麗なおばあさん**[*6]になりたい。それもただ、ぼんやり生きてスッキリした顔してるんじゃなくて、いろんな思いもしたけど乗り越えて美しい老婆になりたい。しわがあってもいいから。

そんで、いつもかわいい着物着て近所でも評判のいじわる婆さんになるの!!

死んだフリをする等老人ならではのギリギリギャグを連発できる心の柔軟性を持ち、年よりだからかわいく着れるどピンクやお花柄の服を着る。

ピンクの着物にグレーの帯とかね。きっとかわいいよ。

それで**香水も毎日**[*7]つけたいな。

「この香水をもう50年使ってるわ……。」とか言いたい!! 格好よくてしびれるよ全く。

そこらへんを着地点と考えるとおのずと生き方定まってくるようなんだよね。今の自分の生き方が格好いい婆さん※8になれるかどうかを大きく左右するんだな、と思うと美容だけじゃなくて考える事ややる事が本当にいっぱいあるなー。30年後くらいにそうなれたら「美婆画報」でもやろうかな。

ビバ!! 美婆画報なんつって……。すいませんまた最後こんなで。じゃまたハイパーで!!

※6 綺麗なおばあさん
二大巨頭
あこがれる…
宇野千代&白洲正子
※8 格好いい婆さん
に、なるには今格好いい人にならないと。
※7 香水も毎日
50年使うとなるとやっぱ定番かな? 無くなったらこまるものね。
今はM.ジェイコブスのBLUSH!!
N°5
大スキBLUSH。これなら50年使えるかも。

＊本書は「ＶＯＣＥ」連載『美人画報』（一九九八年五月号〜二〇〇〇年二月号）を加筆訂正し、一九九九年十二月、小社より刊行されました。

|著者|安野モヨコ　1971年東京都生まれ。小学校３年生のとき、漫画家になると心に決め、高校３年生で漫画家デビューを果たす。以後『ハッピー・マニア』（祥伝社）、『ラブ・マスターＸ』（宝島社）、『ツンドラブルーアイス』（集英社）、『ジェリービーンズ』『花とみつばち』『さくらん』（以上、講談社）など数多くのヒット作を生みつづけている。『シュガシュガルーン』で第29回講談社漫画賞を受賞。その他、連載中の作品に『働きマン』などがある。

美人画報《びじんがほう》

安野《あんの》モヨコ

2004年11月15日第１刷発行
2006年５月29日第10刷発行

発行者――野間佐和子
発行所――株式会社　講談社
東京都文京区音羽2-12-21　〒112-8001
電話　出版部（03）5395-3510
　　　販売部（03）5395-5817
　　　業務部（03）5395-3615

Printed in Japan

講談社文庫

定価はカバーに表示してあります

デザイン―菊地信義
製版―――大日本印刷株式会社
印刷―――大日本印刷株式会社
製本―――株式会社国宝社

落丁本・乱丁本は購入書店名を明記のうえ、小社業務部あてにお送りください。送料は小社負担にてお取替えします。なお、この本の内容についてのお問い合わせは文庫出版部あてにお願いいたします。

ISBN4-06-274793-6

講談社文庫刊行の辞

二十一世紀の到来を目睫に望みながら、われわれはいま、人類史上かつて例を見ない巨大な転換期をむかえようとしている。

世界も、日本も、激動の予兆に対する期待とおののきを内に蔵して、未知の時代に歩み入ろうとしている。このときにあたり、創業の人野間清治の「ナショナル・エデュケイター」への志を現代に甦らせようと意図して、われわれはここに古今の文芸作品はいうまでもなく、ひろく人文・社会・自然の諸科学から東西の名著を網羅する、新しい綜合文庫の発刊を決意した。

激動の転換期はまた断絶の時代である。われわれは戦後二十五年間の出版文化のありかたへの深い反省をこめて、この断絶の時代にあえて人間的な持続を求めようとする。いたずらに浮薄な商業主義のあだ花を追い求めることなく、長期にわたって良書に生命をあたえようとつとめるところにしか、今後の出版文化の真の繁栄はあり得ないと信じるからである。

同時にわれわれはこの綜合文庫の刊行を通じて、人文・社会・自然の諸科学が、結局人間の学にほかならないことを立証しようと願っている。かつて知識とは、「汝自身を知る」ことにつきていた。現代社会の瑣末な情報の氾濫のなかから、力強い知識の源泉を掘り起し、技術文明のただなかに、生きた人間の姿を復活させること。それこそわれわれの切なる希求である。

われわれは権威に盲従せず、俗流に媚びることなく、渾然一体となって日本の「草の根」をかたちづくる若く新しい世代の人々に、心をこめてこの新しい綜合文庫をおくり届けたい。それは知識の泉であるとともに感受性のふるさとであり、もっとも有機的に組織され、社会に開かれた万人のための大学をめざしている。大方の支援と協力を衷心より切望してやまない。

一九七一年七月

野間省一